Veinte poemas de amor y una canción desesperada

二十首情诗和一首绝望的歌

Pablo Neruda

[智利] 巴勃罗·聂鲁达 著　　李佳钟 译

浙江文艺出版社
Zhejiang Literature & Art Publishing House

相爱太短，遗忘太长。

你就像夜晚，寂静又璀璨。

我想要对你做／春天对樱桃树做的事情。

Pablo Neruda

1904—1973

果麦文化 出品

目录

Veinte poemas de amor y una canción desesperada

二十首情诗
和一首绝望的歌

女人的身体，洁白的山丘，洁白的大腿，
你委身的姿态好似这个世界。
我粗野如农夫的身体将你侵入，
让大地深处的子嗣跳出。

我曾孤独得像一条隧道。飞鸟从我身旁逃离，
黑夜蛮横地闯入我内心。
为了存活我把你锻造成兵器，
如同我弓上的箭矢，如同我投石器中的巨石。

但复仇的时刻来临，而我爱你。
肌肤的、苔藓的、贪婪又坚定如乳汁般的身体。
圣杯的乳房！失神的眼睛！
玫瑰的阴部！还有你缓慢又悲伤的声音！

我爱人的身体啊，将会优雅长存。
我的饥渴，我无尽的忧虑，我踌躇的路途！
永恒的渴望紧随阴暗的河床，
还有疲惫，和无尽的苦痛。

致命的烈焰中光包裹着你。
迷人、苍白的送葬者，就这样站着，
背靠夕阳的古老螺纹，
它们在你周围旋转。

你沉默着，我的挚友，
茕茕于这死亡时刻的孤寂
又满载火的生命，
你是这破碎白日的纯洁继嗣。

一缕阳光照在你的黑衣。
夜晚的巨大根系
骤然生长于你的魂灵，
你体内的藏匿得以重现。
这让一个苍白的蓝色民族、
你的新生儿得到养育。

哦，你是伟大的丰腴而迷人的女奴，
变幻于黑色与金黄的循环：
骄傲着，试探着，又完成如此鲜活的创造，
花朵纷纷落下，你也满含悲戚。

啊，松林广袤，涛声崩裂，

光缓慢地游戏，钟声孤寂，

黄昏正坠入你的眼睛，洋娃娃，

陆地的螺号，大地在你身体里歌唱！

河流在你身体里歌唱，而我的灵魂也遁入其中，

如你所愿去向你想去的地方。

用你的希望之弓为我标记路途，

我将在谵妄中放出我的箭矢。

在我身旁，我看着你云雾缠绕的腰身，

你的沉默追逐我被追踪的时刻，

那是你和你透明石头般的双臂，

我的吻在此停泊，我潮湿的渴望在此筑巢。

啊，爱情浸染又扭曲你神秘的声音

在轰鸣将死的黄昏里！

于是在深沉时刻的旷野之上我目睹

谷穗在风的嘴里弯下身躯。

这是夏日之心的一个
暴雨清晨。

云朵远行，好似洁白的手帕在挥别，
风也挥舞起旅人的手。

数不尽的风的心脏
跳动在我们相爱的沉默里。

在林木间作响，像弦乐，又像仙乐，
好似一门满是战斗和歌谣的语言。

风刹那间偷走落叶，
偏转飞鸟跳动的箭。

风将她推入没有泡沫的浪涛，
没有重量的物质，和倾斜的火焰。

她万千亲吻破碎沉没，
在夏风的门前被击溃。

为了让你听见，

我的话语

有时细瘦得

就像沙滩上海鸥的足印。

项链，烂醉的铃铛，

献给你葡萄般细嫩的手。

而我看着我远处的话语。

与其说是我的倒不如说是你的。

像常春藤般攀附于我古旧的痛苦。

它们就这样攀附在那些潮湿的墙上。

你是这个血腥游戏的罪人。

它们从我幽暗的藏身处逃离。

你填满了一切，一切被你填满。

它们曾先于你遍布如今被你占据的孤独，

它们比你更习惯我的悲伤。

现在我希望它们能说出我想要对你说的话，

让你听到我想要你听到的表达。

苦闷的风仍常常将它们席卷。
梦境的风暴仍不时把它们摧残。
你听见我痛苦的声音中的其他声响。

古老的嘴巴在哭泣，古老的恳求鲜血淋漓。
爱我吧，我的伴侣。别抛下我。跟随我。
跟随我，我的伴侣，在这痛苦的浪潮中。

但我的话语被你的爱浸染。
你占据了一切，一切被你占据。

我要把它们串成一条无尽的项链，
献给你洁白的、如葡萄般细嫩的手。

犹记得你去年秋天的模样，
戴着灰色贝雷帽内心安宁。
黄昏的烈焰在你眼中厮杀，
树叶飘零在你灵魂的水面。

你像藤蔓贴紧我的双臂。
树叶拾起你缓和而安宁的声音。
我的渴望在惊奇的篝火中烧灼。
甜美的蓝色风信子在我灵魂上弯曲。

我感到你的眼睛游移，而秋天还远：
灰色贝雷帽、鸟的声音以及家的心脏
是我深切热望迁徙的地方，
我狂喜的吻如炭火般落下。

从船只仰望天空，从山丘俯视旷野。
你的记忆如光，如烟，如宁静的水塘！
黄昏在你的眼睛深处燃烧。
秋的枯叶在你的灵魂旋转。

午后我俯身把悲伤的网
撒向你汪洋般的双眼。

在那里，在最旺的火焰中我的孤独蔓延燃烧，
它挥动双臂就像
一个死难者。

我向你失神的眼睛发出红色的信号，
如同大海和岸边的灯塔。

你只留存黑暗，我遥远的女人，
你的目光中时而显现恐惧的海岸。

午后我俯身把我悲伤的网
撒向那片晃动着你汪洋般双眼的大海。

夜鸟啄食初现的星辰，
群星闪烁如同我爱你时的灵魂。

黑夜骑着阴郁的母马驰骋，
把蓝色的麦穗播撒于旷野。

你是白色的蜜蜂嗡嗡作响，醉倒于我灵魂的蜜糖，
在缓缓上升的螺旋烟雾中盘旋。

我是绝望的人，是无人回应的话语，
失去一切，也曾拥有一切。

最后的锚，我最后的忧虑在你体内沙沙作响。
在我荒芜的大地上，你是最后的玫瑰。

沉默的你啊！

闭上你深邃的眼睛。夜在此拍打羽翼。
啊，赤裸你的身体，那怯懦的塑像。

夜在你深邃的双眼里拍打羽翼。
花儿新鲜的手臂，还有玫瑰的环抱。

你的乳房好似洁白的蜗牛壳。
阴郁的蝴蝶安睡在你的腹腔。

沉默的你啊！

这就是你缺席之处的孤独。

下雨了。海风猎杀流浪的海鸥。

水赤脚走在湿漉漉的街上。

树叶像病人一样抱怨着树。

你是白色蜜蜂，不在身边，却在我的灵魂里嗡嗡作响。

在时间里重生，消瘦又沉默。

沉默的你啊！

醉倒在松节油和漫长的吻里，
夏季，我驾驶玫瑰的帆船，
转向瘦削白日的死亡，
沉溺在海洋坚定的狂热中。

苍白且被缚于我的吞噬之水，
我穿过暴露气候中的酸味。
仍身着灰衣声音苦涩，
戴着一顶遗留泡沫的悲伤头盔。

我将保持热烈，乘着我独有的浪，
明月，太阳，燃烧或冰冷，骤然间，
我沉睡在幸运岛屿的山谷，
它们洁白甜美如丰腴的胯。

我的吻做的衣衫在潮湿的夜里颤抖，
衣衫上满是疯狂的电流，
英勇地分裂为梦境
和醉人的玫瑰，践行于我体内。

上行之水，在外侧的浪涛间，

你平行的身体束缚在我的臂弯，

像一条鱼贴住我的魂灵不止不休，

在天空下的能量中忽快忽慢。

我们甚至已经失去了这场晚霞。
这天午后没人看见我们双手紧扣，
当蓝色的夜晚降临世间。

透过窗户我看到
远山间夕阳西下的盛节。

有时像一枚硬币，
一小块太阳在我手中燃起。

我记起了你，你所熟知的我的悲伤
折磨着我的灵魂。

那时，你在哪里？
和谁在一起？
说了什么话？
为何全部的爱猛然降临，
在我正悲伤、感觉你已遥远之时？

那本总是在晚霞里拿起的书掉落了，
外套就像一只受伤的狗在我脚边游荡。

你总是，总是在午后离开，

向着夕阳奔走抹去雕塑的方向。

几乎在天外，两座山峰之间停泊着
半轮月亮。
旋转、流浪的夜晚，眼睛的挖掘者。
看看有多少星星破碎在池塘。

它在我眉宇间留下一个哀悼的十字，然后逃逸。
蓝色金属的锻炉，无声战斗的夜晚，
我的心旋转如疯癫的飞轮。
女孩来自远方，从如此远的地方被带来，
有时她的目光在天空下闪耀。
哀怨、暴雨、狂怒的漩涡，
穿过我的心，不曾停止。
坟墓的风挟来、摧毁又消解你倦怠的根。

她另一侧的大树被连根拔起。
但你，明亮的姑娘，你是迷雾，是谷穗。
你是风席卷发光树叶的产物。
夜晚的山峦背后，是火一般的白色百合，
在那儿我无话可说！它脱胎于世间万物。

渴望用刀将我的胸膛割开，

是时候走上另一条道路了，她在那里面无笑容。

暴雨埋葬钟声，风暴浑浊的骚乱，

为何此刻将她触碰，为何要让她忧伤。

走上那条远离一切的道路，

不隔绝痛苦、死亡和冬天，

她可以在露水中睁大双眼。

我的心只渴求你的乳房，
你的自由只渴求我的翅膀。
安睡于你灵魂之上的事物
将从我的嘴巴直达天上。

在你身上是每日的幻想。
你的到来就像露水凝结在花冠。
你的缺席摧毁了地平线。
永远在逃离如同那海浪。

我说过你在风中歌唱，
像松林又像桅杆。
像它们那样高耸而沉默。
你突然的忧伤如同一场旅行。

你令人愉悦像一条熟悉的路。
你充满了怀乡之声与回响。
我醒了，因为沉睡在你灵魂里的飞鸟有时
会迁徙和逃亡。

我用火之十字标记

你身体上雪白的地图。

我的嘴是一只藏匿的蜘蛛。

在你身上，在你背后，既惧怕，又渴望。

在黄昏的岸边给你讲故事，

悲伤又甜美的洋娃娃，愿你不再悲伤。

一只天鹅，一棵树，遥远又幸福的事物。

葡萄的时刻，成熟结果的时刻。

我住在一个港口，那是我开始爱你的地方。

梦境与寂静交织孤独，

禁锢在大海与伤悲之间。

沉默，痴傻，在两个一动不动的船夫之间。

嘴巴和声音之间，某种事物正在消亡。

它长着鸟的翅膀，源于痛苦与遗忘。

就像网无法阻挡流水，

我的洋娃娃，几乎没有留下一滴颤抖的水。

然而，有东西在这转瞬即逝的言语间歌唱。

有东西在歌唱，有东西飞到了我贪婪的嘴里。

哦，可以用一切喜悦之词来为你庆贺。

唱吧，烧吧，逃吧，就像疯子掌控的一座钟楼。

我悲伤的心肝儿，你突然怎么了？

当我抵达最为危险寒冷的顶点，

我的心紧紧闭合如一朵夜间的花。

每天你都和宇宙的光游戏。
敏锐的访客，在花与水之间来临。
你洁白的小脑袋每日被我捧在手心，
像一束花，但你远不止如此。

自我开始爱你，再没人与你相似。
让我将你铺开在那黄色的花环。
是谁用烟的字母把你的名字书写于南方的星群？
这让我想起了未曾存在之时的那个你。

突如其来的风咆哮着敲打我紧闭的窗。
天空是一张网，被阴郁的鱼塞满。
这里所有的风都会被放生，所有的。
雨脱掉了衣裳。

鸟在奔逃。
风啊。风啊。
我只能对抗人类的力量。
风暴席卷暗淡的树叶，
驱赶昨夜停泊在天空的船。

你在这里。啊，你没有逃离。
你将予我回应直至最后的呼喊。
紧紧靠着我吧，你似乎很怕。
然而一道怪异的阴影划过你的眼睛。

此刻，也是此刻，小美人，你给我带来了忍冬花，
连你的乳房都散发出芳香。
当悲伤的风滥杀蝴蝶，
我爱你，我的快乐咬着你李子般的嘴唇。

为了迁就我，你吃了多少苦头啊，
我的灵魂孤独又狂野，我的名字让人闻风丧胆。
多少次我们看燃烧的晨星亲吻我们双眼，
在我们头上霞光如折扇般展开。

我的词句如雨水淋湿你，爱抚你。
我长久地热爱你珠母贝般光亮的身体。
我甚至相信你是宇宙的主宰。
我要从山中为你带去幸福的花，风铃草，
黑色的榛子，还有一篮篮原始的吻。
我想要对你做
春天对樱桃树做的事情。

我喜欢你沉默着，因为仿佛你已不在，
你从远方听到了我，而我的声音却触不到你。
仿佛你的眼睛已经飞离，
仿佛一个吻就让你缄默。

如同世间万物都被我的灵魂填满，
你从万物中现身，被我的灵魂填满。
梦中的蝴蝶，你就像我的灵魂，
就像忧郁这个词语。

我喜欢你沉默着，仿佛你在远方。
仿佛你在哀叹，如同一只簌簌飞舞的蝴蝶。
你从远方听到了我，而我的声音却追不上你：
让我以你的沉默沉默吧。

让我以你的沉默同你交谈，
它明亮如灯，简单如指环。
你就像夜晚，寂静又璀璨。
你的沉默是星星的沉默，如此遥远又简单。

我喜欢你沉默着，因为仿佛你已不在。

你遥远而痛苦，仿佛已经死去。

那么说句话吧，一个微笑也足够。

而我满心欢喜，欢喜于这并未发生。

（意译自泰戈尔的一首诗 [1]）

你就像黄昏时我天空里的一朵云，
你的颜色和形态都如我所愿。
你是我的，我的，唇如蜜糖的女人，
我无尽的梦想都存活于你的生命。

我灵魂的灯映红了你的双脚，
我的酸葡萄酒在你的唇间也变得甜美：
哦，你收割我黄昏里的歌谣，
我孤独的梦境是如何相信你属于我！

你是我的，我的，我要在午后的微风中呼喊，
而风卷走了我丧偶的声音。
你是我眼睛深处的猎手，你的劫掠
让你夜间的眼神静如止水。

1　在这首诗最早出版时，有人撰文批评聂鲁达抄袭泰戈尔《园丁集》的
　　第三十首诗。后来，从第五版《二十首情诗和一首绝望的歌》开始，
　　聂鲁达就增加了这句注释。

我的爱人，你是我音乐之网中的囚徒，

我的音乐之网如天空般广阔。

我的灵魂诞生于你眼中哀伤的岸。

在你哀伤的眼里，梦之国度自此开启。

我思索着，在深深的孤独中捕获阴影。
你也在远方，比任何人都远的地方。
我思索着，释放飞鸟，消除影像，埋藏灯火。

海雾里的钟楼，如此遥远，高高耸立！
抑制的叹息，寡言的磨坊工，碾碎阴郁的希望。
夜晚突然降临，在远离城市的地方。

你的存在如此陌生，于我而言如某种疏离的事物。
我思考，我长途跋涉，我的生命在你之前。
我的生命在任何人之前，我崎岖的生命。
面向大海，在岩石间叫喊，
在海雾里，肆意癫狂地奔跑。
悲伤的狂怒，叫喊，大海的孤独。
失控，粗暴，朝着天空。

你啊，女人，你在那里是什么，是何种线条，是那把巨扇
怎样的骨架？你遥远得如同此刻。
森林中的火灾！燃烧在蓝色的十字架上。
燃烧，燃烧，火焰，在光之林木中闪耀。
坍塌，噼啪。火。火。

我灼伤的灵魂在火花间舞蹈。

是谁在呼喊? 是怎样的寂静中满是回响?

怀乡的时刻，快乐的时刻，孤独的时刻。

在所有时刻中我的时刻!

风唱着歌穿过号角。

太多悲恸之情系于我身。

所有根系的震颤，

所有浪潮的袭击!

我的灵魂游荡，快乐，悲伤，无止无休。

我思索着，在深深的孤独中埋藏灯火。

你是谁，究竟是谁?

我在这里爱你。

风轻身掠过幽暗的松林。

月亮在流浪的水面闪烁磷光。

同样的时日反复追逐前行。

雾气消散成舞动的影子。

一只银色的海鸥从西边飞落。

有时是一艘帆船。高高的，高高的星辰。

或是一艘船上的黑色十字架。

孤单。

有时我醒来，甚至连灵魂都变得湿润。

远方的海发出声响，而后回响。

这是一座港湾。

我在这里爱你。

我在这里爱你，而地平线徒劳地将你掩藏。

即使身处冰冷之间我依然爱你。

有时我的吻由沉重的船舶载来，

驶过大海去往无法抵达的地方。

我已被遗忘，如同那些老旧的锚。

当傍晚靠岸，码头也更为忧伤。

我的生命疲倦于无用的饥饿。

我爱我不曾拥有的。你如此遥远。

我的厌倦对抗缓慢的黄昏。

但夜幕降临，开始为我歌唱。

月亮转动她梦的齿轮。

那些最大的星星用你的眼睛将我凝视。

因为我爱你，风中的松林，

也用它沙沙作响的松针歌唱你的名字。

黝黑灵巧的姑娘，孕育果实的太阳，
使麦穗丰盈，使水草卷曲，
使你身体欢愉、眼睛明亮，
也使你的嘴角荡起水一般的微笑。

当你舒展双臂，一轮焦灼的黑色太阳将你
裹进你黑色的发丝。
你同太阳嬉闹，仿佛它是一条小溪，
在你眼中留下两泓缓慢幽暗的流水。

黝黑灵巧的姑娘，没什么能让我离你更近。
你的一切都让我远离，就像远离正午。
你是蜜蜂疯狂的青春，
海浪的酒醉，谷穗的力量。

我阴暗的心将你寻觅，然而，
我爱你欢愉的身体，松弛又细瘦的声音。
甜美又坚决的黑蝴蝶，
你像麦田和太阳，像罂粟和流水。

今夜我能写下最悲伤的诗。

写下，比如："今夜星光灿烂，
蔚蓝星辰，在远方震颤。"

夜风在空中盘旋歌唱。

今夜我能写下最悲伤的诗。
我曾爱她，有时她也爱我。

在那些如若今夜的夜晚我将她拥入怀中。
在无边无际的天空下我千百次地亲吻她。

她曾爱我，有时我也爱她。
怎能不爱她那凝望着的大眼睛呢。

今夜我能写下最悲伤的诗。
我想我已不再拥有她。我感觉我已失去了她。

我听见无尽的黑夜，没有了她更加无边无界。
诗句坠入灵魂就像露水滴落草丛。

我的爱无法将她挽留又如何。

今夜星光灿烂，她已不在身边。

就这样吧。远方有人歌唱。在远方。

我的灵魂不安于就此失去她。

我的目光将她找寻，仿佛为了再次靠近。

我的心也将她找寻，而她已不在身边。

同样的夜晚将同样的树木染成白色。

我们，不复，以往。

我不爱她了，我确信，但我曾多么爱她。

我的声音追寻着风，只为能触碰她的听觉。

另有新欢。她将另有新欢。就像曾接受我的吻一样。

她的声音，她明亮的身体。她无垠的双眼。

我不爱她了，我确信，但也许我还爱她。

相爱太短，遗忘太长。

正因那些如若今夜的夜晚我将她拥入怀中，

我的灵魂不安于就此失去她。

即使这是她带给我的最后的痛楚，

这也是我为她写下的最后的诗句。

绝望的歌

有关你的回忆从我身处的夜晚浮现。
河流将他固执的哀怨连向大海。

被抛弃的人就像黎明的码头。
这是分别的时刻,被抛弃的人啊!

我的心里落下冰冷的花冠。
哦,布满瓦砾的底舱,遇难者凶险的洞穴!

你的身上堆满了战争和飞行。
歌唱的鸟儿从你身上振翅起飞。

你吞没一切,就像远方。
就像大海,就像时间。你身上的一切都是海难!

这是侵袭与亲吻的欢愉时刻。
这是如灯塔燃烧的惊愕时刻。

领航者的焦灼,失明潜水员的暴怒,
爱情的浑浊迷醉,你身上的一切都是海难!

童年的云雾里，我的灵魂之翼受了伤。
迷途的侦察者，你身上的一切都是海难！

你囿于苦痛，囚于欲念。
悲伤击垮了你，你身上的一切都是海难！

我曾让阴影的城墙退后。
我曾越过欲念和行动。

哦，心肝儿，我的心肝儿，我爱过又失去的女人，
在这潮湿的时刻，我为你祈请为你歌唱。

你无尽的柔情倾泻如同一个注满的杯子，
而无尽的遗忘将你粉碎如同将杯子打碎。

这黑暗的，黑暗的孤寂源自岛屿，
在那里，爱恋的女人，你的双臂将我庇护。

我又饥又渴，而你是水果。
我痛苦崩坏，而你是奇迹。

女人啊，我不知道你如何将我包容
在你灵魂的大地，在你双臂的交叉处！

我对你的欲念是最可怕也是最短暂的，
最混乱又最沉醉，最紧绷又最饥渴。

在吻的坟地，你的墓上仍有余火，
仍有花束在燃烧，被鸟儿啄食。

被撕咬的嘴啊，被亲吻的肢体啊，
饥饿的牙齿，扭曲的身体。

哦，希望与气力的癫狂交媾，
我们在其中交织而绝望。

那种柔情，轻巧如同水和面粉。
那个词语，几乎未能滑出嘴唇。

这就是我的命运，而我的热望在其中遨游，
我的热望在其中坠落，你身上的一切都是海难！

哦，布满瓦砾的底舱，你身上的一切都在坠落，
何种痛苦你未能表露，何种浪潮未能把你淹没！

在潮起潮落中你仍在燃烧和歌唱，
你站在那里好似水手站在船头。
你仍在歌唱中绽放，仍在流水中前行。

哦，布满瓦砾的底舱，敞开的苦痛之井。

苍白失明的潜水员，不幸的投石手，
迷途的侦察者，你身上的一切都是海难!

这是分别的时刻，坚硬又冰冷的时刻，
夜晚束缚了一切时刻表。

大海喧嚣的束带缠绕海岸。
冰冷的星辰显现，黑色的鸟儿迁徙。

被抛弃的人就像黎明的码头。
只有颤抖的影子在我手中扭曲。

啊，越过一切。啊，越过一切。

这是分别的时刻。被抛弃的人啊。

1959

Cien sonetos
de amor

一百首
爱的十四行诗

献给马蒂尔德·乌鲁蒂亚 [1]

我挚爱的女士，为你书写这些被谬称为十四行诗的文字让我倍感痛苦，它们伤害了我，让我心力交瘁，但得以将诗作奉献给你，这让我心旷神怡胜过畅游草原。要达成此等愿景，我深知历代诗人从各个维度，以精雕细琢的热情与优雅，为十四行诗赋予了白银、水晶或是炮击般的音韵。而我，怀着谦卑之心，给予这些十四行诗木头般的质地，给予它们一种不透明的纯粹物质的声音，想必如此终能抵达你的耳畔。我们漫步于森林和沙地，漫步于失落的湖边，漫步于尘封的地带，拾起纯粹的枝丫，它们源自被流水和风雨拍打的木材。我用斧子、小刀和折刀把这些柔软的遗物造为爱的材料，筑起十四层木板的小房子，让我深爱并为之歌唱的你的双眼栖居在内。以此确立我爱你的原因，我将这百年奉献给你：你予其生命，使这些木质的十四行诗冉冉升起。

1959 年 10 月

---

1 马蒂尔德·乌鲁蒂亚（Matilde Urrutia），聂鲁达的第三任妻子。二人去世后合葬于诗人位于黑岛的故居。

早晨
Mañana

马蒂尔德，植物、石头或是酒的名字，

源于土地的后裔，在此久存，

日出诞生于她的生长，

柠檬的光爆裂在她的盛夏。

在这个名字之间驶过木头的航船

被团团海蓝色的火焰围绕，

它的字母是河中之水，

汇入我炙热的心脏。

哦，暴露在藤蔓下的名字

就像一扇通往未知隧道的门，

连接世界的芬芳！

哦，用你炽热的嘴侵入我吧，

如果你愿意，用你黑夜的眼睛审问我吧，

但在你的名字间，请让我航行，且安睡。

爱人，要行多远的路才能抵达一个吻，
要经历多么孤独的流浪才能与你同行！
独行的列车仍在雨中游荡。
塔尔塔尔的春天尚未到来。

但你和我，我的爱人，我们紧密相连，
从衣装到根部都紧密相连，
以秋天，以水，以胯骨，
直到只有你、只有我紧密相连。

想想博罗阿的河口，
那河流裹挟了多少石头，
想想火车和国家造成了多少分隔。

你和我只需相爱，
以混沌的万物，以男性和女性，
以种植并繁育了康乃馨的大地。

崎岖之爱，以荆棘为冠的香堇菜，

在重重苦难间丛生的荆棘，

痛苦的长矛，暴怒的花冠，

你走过怎样的路途，如何才走向我的灵魂？

为何你突然掷下了伤人的火，

在我路途的冰冷叶片里？

是谁指点你通向我的路？

是怎样的花，怎样的石头，怎样的烟向你呈现了我的居所？

可怕的夜晚确实在颤抖，

黎明用它的红酒斟满了所有的酒杯，

太阳在天空中建立了它的存在，

此时残酷的爱情无休止地围攻我

直到它用剑和荆棘将我撕裂，

在我的心脏开辟出一条燃烧的路。

你会忆起那变幻莫测的河谷，

颤抖的香气在那儿升腾，

偶有鸟儿

满身水色与舒缓：那是冬天的装扮。

你会忆起大地的馈赠：

狂暴的芬芳，金黄的泥土，

灌木的草叶，疯长的根系，

巫术的荆棘仿佛利剑。

你会忆起你曾带来的花束，

寂静的阴影与水的花束，

沾着泡沫的石头的花束。

那段时光前所未有，又仿佛一如往常：

我们无所期待地前往，

却发现一切都在等候。

别让夜晚、空气或曙光触碰你，

只许大地，还有花丛的美德，

听着纯净水流之声成长的苹果，

你芬芳国度的泥土和树脂。

你的眼睛产自基查马利[1]，

为我而造的你的双足源自边境，

你是我熟悉的黑色黏土：

在你的胯部我又一次触到所有的麦子。

你或许不明白，我的阿劳科姑娘，

在爱上你之前，我忘却了你的吻，

我的心却一直记得你的嘴。

我像是受了伤在街道游荡，

直到我发觉自己早已寻获，

爱情，我的亲吻与火山的领地。

---

1 智利小镇，以用黑黏土制作的手工艺品而闻名。

在森林里，迷失，我砍下一根黑色的树枝
送近我的嘴唇，干渴的，我激起了它的低语：
也许是雨哭泣的声音，
破损的钟或是被割伤的心。

我感到某种事物来自远方，
深深地隐藏，被大地覆盖，
一声尖叫响彻在广阔的秋天里，
在树叶半湿、半掩的黑暗里。

但在那里，从森林的梦中醒来，
榛树的枝叶在我嘴下歌唱，
它飘摇的气味攀附我的准则。

我曾抛弃的根，我童年遗落的故土
仿佛突然来寻我，
我在此停留，受伤于这游荡的气味。

"你要随我来吗？"我说，无人知晓
我痛苦的心在哪儿跳动，如何跳动，
于我而言，没有康乃馨，也没有船歌，
只有被爱所伤的创口。

我重复着：随我来吧，如同我已死去，
没人看见我嘴里流血的月亮，
没人看见那蔓延至寂静的鲜血。
哦，爱人，让我们忘却那带刺的星星吧！

因而当我听见你的声音在重复
"你要随我来吗？"就好像你释放了
苦痛，爱恋，以及那被囚禁的红酒的愤怒，

从你沉没的酒窖中升起，
又一次，我的嘴尝到了火焰的味道，
血和康乃馨的，石头和烧灼的味道。

若不是你眼里有月亮的光彩，

白日的光彩，混着黏土、劳作和烈焰，

在囚禁中你也如空气般敏捷，

若你不是琥珀般的一周，

若你不是这金黄的时刻

秋天顺着藤蔓而上，

你仍是芳香的月亮制作的面包，

它在空中抛撒着面粉，

哦，甜美的爱人，我就不会爱上你！

你拥抱着我，我便拥抱了一切，

沙土，时间，雨中林木，

万物鲜活，我亦鲜活，

我无须走远就能看见一切：

在你的生命里我看见了一切生命。

浪花击打顽固的礁石，
光辉爆裂迸发出玫瑰，
大海的疆域缩减为一捧花束，
一粒蓝色的盐掉落。

哦，明艳的玉兰花在泡沫里盛放，
美丽的女行者绽放死亡，
永远地重复着成为存在又回归虚无：
破碎的盐，令人目眩的海洋运动。

我们一起，我的爱人，我们封印沉默，
此时大海毁灭永固的雕塑，
摧毁了它白色暴怒的塔，

因为在喷涌的水流和永无止息的泥沙
编织而成的隐形之网中，
我们保持着唯一且受迫害的温柔。

柔软的便是美的，好似音乐与良木，
玛瑙，布料，麦子，透明的桃，
已竖立一座转瞬即逝的雕像。
它迎着海浪散发对立的清新。

大海浸湿了光亮的脚，
它们的形状成为沙粒上的创作，
如今她女性的玫瑰之火
是唯一与太阳和大海对抗的孤独泡沫。

啊，什么都触碰不到你，除了寒冷的盐！
愿爱恋不要毁灭完整的春天。
美人，永恒的泡沫回响，

把你的胯浸入水中，
为天鹅或白睡莲施加新的尺度，
让你的雕像沿着永恒的水晶航行。

我渴望你的嘴，你的声音，你的头发。

我贫瘠地游荡街头，只是沉默，

面包不足以滋养我，黎明让我惊慌失措，

我整天都在寻找你双足流动的声音。

我渴望你悦耳的笑声，

你那色如丰盈谷仓的手，

渴望你石头般苍白的指甲，

我想咀嚼你的肌肤，就像品味一颗完整的果仁。

我想咀嚼你那美貌中燃烧的闪电，

傲慢面庞上高挺的鼻子，

我想咀嚼你睫毛转瞬即逝的阴影。

我在饥饿中到来，嗅着暮色

寻找你，寻找你炽热的心脏，

像基特拉图埃旷野上的一头美洲狮。

丰满的女人，肉欲的苹果，温热的月亮，

水藻浓烈的香气，被碾碎的烂泥和光，

你的圆柱间显露出怎样的幽深光辉？

男人用感官触碰着怎样的古老夜晚？

啊，爱是一场乘水披星的旅程，

还有窒息的空气，猛烈粉碎的风暴：

爱是一场闪电的战斗，

也是一勺蜜糖连接的两具破烂躯体。

我用吻丈量你小小的无垠，

你的边界，你的江河，你渺小的村落，

在欢愉中变换的生育之火

沿着鲜血的细瘦道路涌动，

直到它像一枝午夜的康乃馨匆匆凋谢，

直到它存在与否，都仅是阴影中的一束闪电。

从你双脚蔓延至秀发的光辉，
还有你那饱满的娇嫩躯体，
并非海中的珠母贝，也不是冰冷的白银：
你是面包，被火爱恋的面包。

面粉与你一同筑起谷仓，
也随幸福的年岁增长，
当谷物让你的胸脯隆起，
我的爱便是土地里劳作的炭。

哦，你的额头，你的双腿，你的嘴都是面包，
我贪婪地吞咽，它们又重生于晨光，
我甜美的爱人，你是面包房的旗帜，

火焰是你血的训诫，
面粉教你成为圣徒，
面包赠你语言和香气。

人生之短不足以让我颂扬你的发。
我必须逐根细数并将其赞美；
别的恋人愿与确切的眼睛共生，
我只想成为你的理发师。

在意大利，人们称你为美杜莎，
因为你卷曲灿烂的头发。
我称你为我的小卷毛或小长发；
我的心认得你头发的门。

当你在自己的头发中迷失方向，
不要忘了我，记得我爱你，
不要让我迷失在没有你秀发的路途上。

穿越所有路途的幽暗世界，
只有阴影，瞬息的痛楚，
直到太阳升至你秀发的塔。

大地早就认得你：
你如面包或木材般细密，
你是整体，是一团实在的物质，
你轻盈如金合欢或金豆荚。

我知晓你的存在不仅是因你飞扬的眼睛
如一扇敞开的窗照亮万物，
也因你由黏土烘烤而成，
在奇廉，一个奇异的砖窑里。

万物勃发，如空气、水或寒冰，
迷蒙的生命，在与时间的交集中泯没，
似乎在死前已被碾碎。

你将和我一同下坠，如同石头掉落墓穴，
而我们的爱未被吞噬，
大地将继续与我们共生。

我热爱的那片土地是你，
因为在行星的原野
我并没有其他星星。你重复着
宇宙的繁衍。

你炯然的眼睛是我那些
破败星群中的一束光，
你的肌肤颤动
如雨中流星划过的印记。

你的胯是我的月亮，
你深邃的嘴和其间的欢愉是我的太阳，
炽热的光如同阴影里的蜜糖，

你的心被长长的赤色闪电灼伤，
我穿过你形体的火焰去吻你，
娇小的，像行星，像鸽子和地理。

我爱你，但不把你当作盐玫瑰或黄玉石，
或是在火中蔓延的康乃馨之箭：
我爱你，就像阴影和灵魂之间，
某些阴暗的事物在窃窃相恋。

我爱你，就像一株不开花的植物，
体内隐藏着花的光芒，
多谢你的爱，让自大地升起的馥郁芳香
在我体内悄然存活。

我爱你，不知如何，或何时，或源自何处，
我爱你，直截了当，不带任何困惑与骄傲：
我如此爱你，甚至不知道还能怎样去爱，

我只能以这种方式爱你，我非我，你非你，
如此之近，你置于我胸口的手已属于我，
如此之近，你的眼睛同我的梦一起紧闭。

你像微风穿梭于山峦，
或是雪下湍急的流水，
你跳动的发丝好似
密林中太阳高悬的装饰。

高加索的光全都落在你身上，
就像落入一个小小的无底罐，
随着江河每次透明的波动，
罐中的水变换着衣服和歌谣。

层峦间那条战争的老路
在下方，穿梭于矿石之手的城墙间，
水流似剑般凛冽闪耀，

直到你突然收到森林赠予的
树枝或一束蓝色花朵的闪电，
以及散发狂野芬芳的奇特的箭。

当黑岛的巨大泡沫、
蓝色的盐、海浪中的阳光把你浸湿，
我看着马蜂劳作，
执着于它宇宙中的蜜。

它飞来飞去，保持着笔直又金黄的航迹
就像在一根无形的电缆上滑行，
优雅的舞姿，饥渴的腰部，
凶恶的螫针准备杀戮。

石油和甜橙是它的彩虹，
它像一架丛间的飞机寻觅着，
随着谷穗的声响飞走，消失。

此刻你离开大海，赤身裸体，
回到充满盐分和阳光的世间，
像一座反光的雕像和一把沙砾中的剑。

我的丑姑娘，你是一颗凌乱的栗子，
我的美人儿，你像风一样柔美，
我的丑姑娘，你的嘴有别人两个大，
我的美人儿，你的吻如鲜美的西瓜。

我的丑姑娘，你将双乳藏在何处？
它们小得就像两杯麦子。
我多希望在你胸前看到两轮月亮：
那至高无上的巨塔。

我的丑姑娘，海的商店里没有你的指甲，
我的美人儿，像细数鲜花朵朵，繁星点点，
波涛层层，爱人啊，我如此清点你的身体：

我的丑姑娘，我爱你金色的腰身，
我的美人儿，我爱你额间的皱纹，
爱人，我爱你，无论光鲜与阴暗。

哦，愿所有的爱都将它的嘴布满我身，

愿再没有哪个瞬间不是春天，

我不过是把我的双手卖给了疼痛，

现在，我的挚爱，让我和你的吻相伴。

用你的芬芳笼罩那开阔月份的光，

用你的秀发关上门，

至于我，请不要忘了，如果我醒来时哭泣，

那是因为在睡梦里我只是一个走失的孩子，

在夜晚的树叶间找寻你的双手，

触摸着联系你我的小麦，

那是阴影和能量中璀璨的诱骗。

哦，我的挚爱，那里只有阴影，

你伴我于梦中，

并告诉我光的时刻。

多少次，爱人，我爱你，虽未见你，也许是忘了你，

无法辨认你的眼神，无法凝望你，我的矢车菊，

在相反的地区，一个燃烧的正午：

你只是我钟爱的谷物的香气。

我或许见过你，似乎是拿着杯子走过，

在安戈尔，六月的月光下，

又或许你是那吉他的腰身，

我曾在黑暗中弹奏，那声音汹涌如海。

我爱你而不自知，我曾找寻你的记忆。

我拿着手电筒进入空荡的房子想要偷你的肖像。

虽然我早已知道你的模样。突然间，

你与我同行，触碰你的瞬间，我的生命也止息：

你就在我眼前，女王般统治着我，统治着一切。

就像林中篝火，火焰便是你的王国。

火是光，心怀幽愤的月亮是面包，
茉莉复刻它星光璀璨的秘密，
在可怕的爱恋里，那些柔软纯净的手
把平和赠予我的双眼，把太阳赠予我的感官。

哦，爱人，你如何在刹那间，在撕扯中
筑起甜蜜坚定的结构，
你摧毁恶毒又嫉妒的利爪，
如今我们在世界面前仿佛合为一体。

曾是如此，今是如此，直到永远都是如此，
狂野又甜蜜的爱人，挚爱马蒂尔德，
时间为我们标记白日里最后一枝花。

没有你，没有我，没有光，我们将不复存在。
而在大地和阴影之外，
我们爱情的光辉将永存。

爱人，爱人，云朵像胜利的洗衣妇
爬升到天空塔，
万物燃尽于蔚蓝，一切都是星辰：
大海，航船，白日一起被放逐。

来看看繁星密布的水中樱桃树，
还有匆忙宇宙中的圆形钥匙，
来摸摸这瞬息的蓝色之火，
在它的花瓣凋零之前。

这里只有大量的、成串的光，
风的美德开拓了这片空间，
直到交出泡沫最后的秘密。

在诸多天空的、被淹没的蓝色间，
我们丢失了双眼，
几乎猜不到空气的力量，还有海底的钥匙。

在爱你之前，爱人，我两手空空：
我曾犹疑于街巷与事物：
一切都不重要，更没有名字：
世界是一团等待着的空气。

我熟悉尘封的客厅，
月亮栖身的隧道，
残忍阔别的飞机库，
困在沙砾中的疑惑。

一切都是空洞的，死亡的，暗哑的，
坠落的，被抛弃的，衰败的，
一切都是无疑的陌生，

一切都源自他人，又不属于任何人，
直到你的楚楚可怜
填满了礼遇的秋天。

无论是伊基克可怕沙丘的色彩，

还是危地马拉的杜尔塞河的河湾，

都改变不了你被小麦攻占的模样，

你如硕大葡萄般的风姿，你吉他似的嘴。

哦，我心爱的人，从所有的沉默中到来，

从藤蔓满布的山顶

到被毁灭的铂金平川，

在所有纯洁的国家，大地将你重述。

但无论是矿山孤僻的手，

还是西藏的雪，波兰的石头，

都没有改变你漂泊的谷物般的面貌，

如同来自奇廉的黏土或小麦，吉他或花丛

保卫着你，它的领土，

遵从野生月亮的指令。

赤裸的你天真得就像你的一只手，
光滑，质朴，娇小，浑圆，明净，
月亮的身姿，苹果的步态，
赤裸的你纤细得就像赤裸的麦子。

赤裸的你湛蓝得就像古巴的夜晚，
你的发间有藤蔓和星星，
赤裸的你巨大而金黄，
似金教堂里的一场盛夏。

赤裸的你娇小得像你的一片指甲，
弯曲，纤薄，粉嫩直到白昼诞生，
你钻进世界的底部，

就像进入一条装满服饰和劳作的漫长隧道：
你的光辉熄灭，穿戴整齐，树叶落尽，
再次变回一只赤裸的手。

爱人，一粒粒谷穗，一颗颗行星，

风的罗网和它阴暗的国度，

战争和它沾血的鞋子，

或者谷穗的日与夜。

我们去过的地方，岛屿、桥梁或是旗帜，

千疮百孔的短暂秋天的小提琴，

愉悦在杯口重复着，

痛苦用眼泪的训诫阻挡我们。

风在所有国家扬起

它肆意的旗帜、冰冷的头发，

之后花儿重新开始劳作。

但在我们心中秋天从未消亡。

在我们不可动摇的祖国，

爱情以露水的权利萌芽生长。

你来自南方的贫苦人家，
寒冷又地震多发的地区，
那里的神祇都奔向死亡，
为我们留下在黏土中生活的训诫。

你是一匹黑色黏土捏成的小马，黑泥的
吻，爱人，你是黏土里开出的罂粟花，
黄昏里飞行的鸽子，
我们贫苦童年眼泪的储存罐。

姑娘，你还保留一颗穷苦的心，
你贫穷的脚惯于踏在岩石上，
你的嘴里并不总有面包和甜蜜。

你来自贫穷的南方，我灵魂的归处：
在那天空之上，你的母亲还在清洗衣物，
和我母亲一起。因此我选择了你，我的伴侣。

你的秀发来自群岛的落叶松，
肉身经由数个世纪磨砺而成，
静脉熟知木头的海洋，
绿色的血由天空坠入记忆里。

无人会在繁杂的根系间
拾取我丢失的心，狂怒的水复制了太阳，
在它苦涩的清凉里
栖息着不与我同行的阴影。

因此你逃离了南方，
像一座以羽毛和木头为冠的岛，
我感知到了漂泊丛林的味道，

我寻获曾在雨林中遇到的深色蜂蜜，
我在你的胯间触到了幽暗的花瓣，
它们同我一同出生并构造了我的灵魂。

我用南部的月桂叶和洛塔的牛至
为你加冕，你这掌管我骨肉的小君主，
你不能没有这顶皇冠，
大地用香脂和枝叶为你制作而成。

你和爱你的人一样，来自绿色的省份：
我们从那里带来了血液中奔涌的黏土，
而后在城中漫步，如同迷失的人群，
害怕市集打烊。

我的爱人，你的影子如洋李子般香甜，
你的眼睛把根藏在南方，
你的心是一个鸽子存储罐，

你的身体柔滑如水里的石头，
你的吻是成串的挂着露珠的鲜果，
我与你相伴同大地共生。

清晨的屋子充斥着床单和羽毛的
混沌真实，白昼之始
没有方向，如一只可怜的船，游荡在
秩序和梦境的地平线。

事物想要卷走残迹，
漫无目的的黏着物，冷冰冰的遗产，
纸张藏起了皱巴巴的元音，
瓶里的红酒想要延续往昔。

利落的女人，你如蜜蜂般震颤着路过，
触碰在阴影中遗失的区域，
你用洁白的能量征服了光。

于是光明重新被建起：
物品顺从于生命之风，
秩序被赋予面包和鸽子。

正午
Mediodia

爱人，现在我们回家，
那里的藤蔓沿着台阶攀爬：
在你抵达以前，赤裸裸的夏日
已踏着忍冬藤的脚步钻进你的卧室。

我们漂泊的吻巡游世界：
亚美尼亚，一滴被采掘的浓稠蜂蜜，
锡兰，绿色的鸽子，还有扬子江
以久远的耐心分割白昼与黑夜。

如今，爱人，越过轰鸣的大海，
我们像两只盲鸟向着墙垣，
归向远方春天的巢，

因为爱无法飞翔不止：
我们的生命回归海中的墙垣与石头，
而那些吻回归我们的王国。

你是海的女儿，牛至的表亲，
女泳者，你的身体源自纯洁的水，
女厨师，你的血是鲜活的泥土，
你的习性源于鲜花和大地。

你的眼睛顺水而去激起浪花，
你的双手伸向大地，种子破土而出，
你的珍宝埋藏于水中和地底，
它们攒聚在你体内如黏土的法则。

那伊阿得斯[1]，绿宝石割开你的身体，
之后你在厨房绽放重生，
你以此承受存在的万物，

终于你在我的臂弯里睡去，
阴影被驱散，你得以休憩，
豆荚，水藻，绿草：皆是你梦中的泡沫。

1　那伊阿得斯，希腊神话中的水仙女，掌管淡水、泉水、湖泊、溪
　　流等。

你的手自我的眼睛飞向白昼。
光似一朵绽开的玫瑰穿射而过。
沙砾和天空跳动，好像
被绿松石切割而成的蜂巢之顶。

你的手触碰叮当的音节，酒杯，
盛着金黄的油的壶，
花冠，泉水，还有最重要的，爱情，
爱人：你纯净的手擦拭着小勺。

晌午退去，夜晚悄悄到来，
男人的梦境之上是他的航天舱。
忍冬藤释放一丝凄楚的狂野气味。

你的手重新飞翔，
匆匆收起那片羽毛，
我原以为它迷失在我被阴影吞噬的双眼里。

我的心肝儿，芹菜与木盆的皇后，
棉线和洋葱的小母豹：
我想看到你微小的帝国闪闪发光，
你的兵器源自蜡、红酒和油，

源自大蒜，源自经由你双手开凿的土地，
源自你手中燃烧的蓝色养分，
源自从沙拉到梦境的轮回，
源自缠绕在软管上的爬行动物。

你和你散发香味的割草机，
你，和泡沫里指引方向的肥皂，
你，爬上我疯狂的台阶和楼梯，

你，主宰我笔墨的症状，
在笔记本的沙砾中寻获
那些正找寻你朱唇的散落字母。

哦，爱人，伴着疯狂的闪电和紫色的恐吓，
你探访我，从你清凉的阶梯攀爬
那座被时间蒙上雾霭的城堡，
苍白的墙是紧闭的心。

无人知晓，是温情
建造了如城市般坚硬的水晶，
鲜血将会开凿不幸的隧道，
它的君主未能击败严冬。

如此，爱人，你的嘴，你的肌肤，你的光，你的苦难，
都是生命的遗产，
是雨和自然的神圣礼赠。

自然接受并促进谷物的妊娠，
酒窖里红酒的秘密风暴，
大地上粮食的火苗。

你的屋子发出响声如一列正午的火车，
马蜂闹嗡嗡，锅子唱着歌，
瀑布清点着露水的创造，
你的笑声延展着椰枣树的颤音。

墙上的蓝光与石头对话，
吹着密文般的口哨，像牧羊人一样到来，
在两棵声音青翠的无花果树间，
荷马穿着无声的鞋子攀登而上。

只有在这里，城市没有哭泣，
没有永恒，没有鸣奏曲、嘴唇和喇叭，
只有瀑布和狮子的交谈。

你攀爬，歌唱，奔跑，行走，下降，
种植，缝纫，烹煮，钉钉，书写，归去，
或者你已离开，因知晓冬天已经到来。

但我已忘记，是你用双手安抚
根系，浇灌纷繁缭乱的玫瑰，
直到你的指纹绽放
在自然完全的平和里。

锄头和水就像你的动物，
陪伴你，啃食轻舔土地，
就如此，劳作中，你散发
丰饶，还有康乃馨的热烈清新。

愿你的双手拥有爱情和蜜蜂的荣耀，
在土地里融入它纯净的血脉，
甚至在我的心里耕作，

让我像一块燃烧的石头，
突然间，同你歌唱，获取的
丛林之水也是源于你声音的引导。

寂静是绿色的，光是湿润的，
六月像一只蝴蝶颤抖
在南方的领地，从大海和岩石中，
马蒂尔德，你穿过了正午。

你背负含铁的花，
还有被南风摧残并遗忘的水藻，
你依然白皙的双手因盐的烧灼而龟裂，
它们举起沙砾中的麦穗。

我爱你纯洁的美德，完整如石头的肌肤，
你指端太阳赠予的指甲，
所有欢愉盈溢而出的嘴，

但是，为了我深渊旁的小屋，
给我痛苦的寂静体系，
被遗忘在沙砾中的海之亭宇。

一月的不幸，当冷漠的
正午在空中建起方程，
坚硬的金黄就像满杯的红酒
斟满大地和蓝色的边际。

此刻的不幸像小小的葡萄，
凝集了青绿的苦涩，
混乱，藏匿的时光之泪，
直到恶劣天气掀起了它的藤。

是啊，胚芽，痛苦，在土地中悸动的一切，
在一月爆裂的光里，
成熟，燃烧，像其他果实一般燃烧。

苦痛将被分裂：灵魂
将给予风的打击，而住所
将变得整洁，桌上会有新鲜的面包。

绚烂的日子摇曳在海水里，
汇聚成金黄色石头的中心，
蜜糖般的光辉没有打破秩序：
维系了矩形的纯洁。

噼啪作响，是啊，时间就像火或者蜜蜂
浸没在树叶中的绿色劳动，
直到上升至枝丫
那个幽闭而低语的璀璨世界。

火的渴望，夏日燃烧的种种
建起一座树叶的伊甸园，
因为深色面孔的大地不愿再有苦难，

清新，火焰，水和面包都献给众生，
什么也不该分给人类，
除了太阳和黑夜，月亮与谷穗。

我在万物间寻找你的印记，
在湍急蜿蜒的女人河里，
在发辫，恰被淹没的眼睛，
游走在泡沫里明净的双脚。

突然我似乎看到了你的指甲，
椭圆，一闪而过，仿佛樱桃木的表亲，
之后我看到了你的头发飘过，
仿佛是你火中的肖像在水里燃烧。

我还在看着，但是没有看到你的脉搏，
你的光，你从森林里带来的黑黏土，
没有看到你小巧的耳朵。

你完整而短暂，是独一无二的全部，
我要和你一起探索并热爱
柔美河湾中广袤的密西西比。

你要明白我既爱你又不爱你，
因为生活总是有两面，
语言是沉默的一只翅膀，
火焰的另一半是寒冷。

我爱你只为开始爱你，
只为重启无限，
为永不停止地爱你；
因而我尚未全然爱上你。

我爱你又不爱你，就好像
我手里握着幸福的钥匙
和不定且不幸的命运。

为了爱你，我的爱有两种生命。
因此我在不爱你时爱你，
我也在爱你时爱你。

一天也不要离开我，或许因为，
因为，我不知如何表述，这天如此漫长，
我等待着你，如同在站台
等候一辆在别地睡着了的火车。

一小时也不要离开我，因为
那一小时里失眠的水滴汇集，
也许所有想要归家的烟云
都会杀戮我迷失的心。

啊，不要让你的侧影在沙砾中破碎，
啊，不要让你的睫毛遁入虚空：
一分钟都不要离开我，爱人，

因为在这一分钟你会走出好远，
我会穿越整片土地来问你，
你会回来吗? 或者要我就此死去。

我倾慕的星群，浸湿于
不同的江河与露水，
我只选了我爱的那颗，
此后我与夜同眠。

浪花，一朵接着一朵，
绿色的海，绿色的寒，绿色的枝，
我只选了一朵：
它与你的身体紧紧相连。

所有的水滴，所有的根茎，
所有的光线来临，
到我的身边，或晚或早。

我想要你的头发。
在我国土的一切礼赠中，
我只要你狂野的心。

我想看见你在我背后的树枝上，
一点点变成果实。
你自根部轻盈地向上生长，
哼唱着树汁的音节。

而你首先会长成一朵芳香的花，
成为吻变成的雕像，
直到太阳和大地、血液和天空
赠予你欢愉与甜蜜。

我会在枝丫上看见你的头发，
你的记号在枝叶中成熟，
不断把叶片靠近我的干渴，

将填满我的嘴是你的养分，
它流着你痴情的水果的血液，
是破土而生的吻。

一对甜蜜的爱人只烤一片面包，
草原上有一滴月亮，
两个行走的人留下依偎的影子，
床铺上一轮空太阳。

从所有的真理中选中了这一天：
他们靠香气维系，而非丝线，
他们没有破坏这宁静或者言语。
幸福是一座透明的塔。

空气、红酒和两个恋人一起，
夜晚赠给他们喜悦的花瓣，
他们有权拥有所有康乃馨。

这对幸福的恋人没有终止和死亡，
他们活着，他们生死不息，
他们拥有自然的永恒。

今日如是：所有的往昔坠入
光的手指和梦的眼睛之间，
明日将踏着绿色的脚步而来：
无人阻挡曙光的河流。

无人阻挡你双手的河流，
你梦的眼睛，我的爱人，
你是时间的震颤，
流逝在纵直的光和阴郁的太阳之间。

天空在你身上收起双翼，
将你带到我的怀里，
守时地，带着神秘的礼节：

因此我向着白昼和月亮歌唱，
向着大海、时间、所有的行星，
向着你白日的声音和夜晚的肌肤。

科塔波斯[1]说，你的笑容落下
如一只游隼俯冲下陡峭的塔，
确实，你越过尘世的枝蔓，
仅靠一束秉承空之血脉的闪电，

下坠，切割，跃出露水之舌、
钻石之水、光以及蜂群，
寂静曾在彼地与其胡须共生，
太阳和星星的石榴在此迸发，

天空带着阴郁的夜色自下而来，
钟和康乃馨在满月时分燃烧，
皮匠的马在奔跑：

因为你，娇小如你，
让笑容从你的流星落下，
触动了自然的名字。

---

1 这里可能指的是阿卡里奥·科塔波斯（Acario Cotapos），他是二十世
   纪智利伟大的先锋作曲家，也是聂鲁达的好友。

你的笑声属于一棵树，

被一道闪电、银色的光劈开，

从天空坠落碎裂在树冠，

一剑就把树劈成两半。

在白雪覆盖的枝叶的高地，

才能诞生同你一样的笑声，我的爱人，

这笑声来自高处消融的空气，

源于南美杉的习性，我的爱人。

我的安第斯山女人，真正的奇廉女人啊，

用你的笑声之刀切断阴影，

夜晚，清晨，还有正午的蜜。

让枝间的鸟跃向天空，

当你的笑声如泛滥的光

划破生命之树。

你歌唱，歌声与太阳和天空为伴，
你的声音剥去白昼的谷壳，
松树用它绿色的舌头说：
冬日的鸟儿都在啾啾叫。

大海用脚步、
钟声、链条和呜咽填满地窖，
金属和器具叮叮当当，
车队驶过，轮声作响。

但我只听到你的声音
它迅速上升，有飞箭的精准，
随后下降，以雨落的重量，

你的声音抛撒硕大的刀剑，
你的声音满载香堇菜归来，
而后伴我穿行天空。

这里有面包、美酒、桌子、住所，
男人、女人和生活的必需品：
纷乱的平静向此地流淌，
在这光芒下燃烧着共同的火焰。

致敬你飞舞的双手，
创造了歌谣与厨房里的纯白作品，
天啊！你奔走的双足如此光洁，
万岁！你这与扫帚共舞的舞者。

汹涌的江河带着流水和恫吓，
在泡沫中饱受折磨的旗帜，
有人对蜂窝与礁石纵火。

如今你血液中的平静流淌在我的血液里，
河床星光灿烂，如夜般湛蓝，
这种质朴柔情没有尽头。

傍晚
Tarde

辉煌的理智，清晰的恶魔，
源于绝对的群体，源于公允的正午，
我们终于来到此地，没有寂寞孤独，
远离野兽般的城市的谵妄。

当纯净的线条环绕鸽子，
火用它的养料为和平授勋，
你和我立起这空中的成果！
赤裸的理智和爱栖居在这屋里。

汹涌的梦境，苦涩的确切之河，
比锤子的梦更艰难的决定，
掉入恋人的一对杯中。

直到它们在天平上升起，双生子，
理智和爱情就像一对翅膀。
如此构建出透明。

尖刺，碎玻璃，疾病，呜咽，
日日夜夜围困幸福之蜜，
高塔已荒废，也再无远行或墙垣：
灾祸穿透沉睡者的静谧，

痛苦拿起、放下又凑近它的勺子，
每个人都会经历这些，
没有诞生，就没有天花板和围栏：
这一特性值得思考。

在爱中不需要紧闭的双眼，
远离溃脓的厚实床榻，
或是一步步征服它的旗帜。

因为生命涌动如霍乱或河水，
在广大苦难家庭的双眼所视之处，
开凿出一条血的隧道。

你要惯于看见我背后的阴影，
你从怨恨中抽出双手，明净得
好似清晨的海中造物：
给你盐，我的爱人，这匀称的晶体。

妒忌遭受苦难，死亡，与我的歌谣一同消散。
悲伤的船长一个个走向死亡。
我说爱，鸽子就遍布整个世界。
我的每个音节都带来春天。

那么你啊，我的小花，心肝儿，好爱人，
你像枝叶遮挡天空一般遮住了我的眼睛，
我看着你斜靠在大地。

我看见太阳把花丛迁徙到你的脸颊，
我远望高地，认出你的脚步。
马蒂尔德，我的爱人，女王，欢迎！

那些说谎的人，说我弄丢了月亮，

预言我前景如沙砾，

以冰冷的口舌断言万物：

甚至禁止宇宙开花。

"人鱼暴怒的琥珀不再歌唱，

它所拥有的只是人民。"

而绵延的纸张咀嚼着，

为我的吉他增加遗忘。

我把耀眼的长矛投向那些眼睛，

那爱的长矛串连你我的心，

我呼唤你足迹留下的茉莉，

我迷失于笼罩在你眼睑下的黑夜里，

当光明将我围绕，

我重获新生，成为自身黑暗的主宰。

在文学之铁铸造的大剑间，
我像一个远古的水手行过
不再熟悉的角落，且歌唱，
因为就是如此，因为不如此又如何。

我自饱受折磨的群岛带来的
手风琴捎带雷暴和淫雨狂风，
还有自然之物的迟缓习性；
它们造就了我的蛮荒之心。

因此当文学的犬牙
想要啃咬我荣耀的脚跟，
我毫无察觉就走了，还迎风歌唱。

朝着我童年落雨的杂货店，
朝着不明南方的寒冷森林，
朝着你的馥郁填满我生命的地方。

（G.M.[1]）

可怜的诗人啊，生命和死亡

阴郁顽固地将他们跟随，

而后漠然的奢华把他们蒙蔽，

献身于典礼和葬礼的利齿。

他们如今同小石子般阴郁，

被高大的马匹拖行，

最终被入侵者统治，

在其走狗间，无法安然入眠。

此前他们断定逝者已逝，

将葬礼办成悲惨的盛宴，

伴着火鸡、猪和其他演说家。

他们窥探他的死之后又侮辱他的死：

只因他嘴巴紧闭，

无法再用歌声回应。

————————————

1　此处 G.M. 可能是聂鲁达的恩师、同为诺贝尔文学奖得主的智利女
　　诗人加夫列拉·米斯特拉尔（Gabriela Mistral）。

想伤害我的人伤害了你，
投向我的毒药仿佛
穿过我的劳作，就像穿过一张网，
把锈迹和失眠留存在你的身体。

我不愿直视，爱人，你如华丽月亮般的
额头划过那窥视着我的憎恶，
我不愿让别人的怨恨在你的睡梦中
遗留下那无用的刀之皇冠。

苦涩的脚步紧紧追随着我，
在我笑容可怖之处复制了我的脸颊，
在我歌唱的地方，妒忌在咒骂、耻笑和撕咬。

是它啊，爱人，那是生命为我投下的阴影：
是一件晃晃悠悠跟着我的空荡荡的衣服，
就像一个有着血淋淋的微笑的稻草人。

爱情带来它痛苦的尾巴，

长而静止、布满尖刺的闪电，

我们闭上双眼，因为不再有什么，

不再有伤痛能把我们分开。

哭泣不是你眼睛的过错，

你的双手没将利剑刺入，

你的双脚没在寻找路途：

阴郁的蜜糖直达你的心房。

当爱情如同一股巨浪

将我们撞碎在坚硬的礁石，

将我们揉成粉末，

痛苦跌落在另一张甜蜜的脸上，

辽阔季节的光芒里，

受伤的春天就此献身。

可怜的我，可怜的我们啊，爱人，
我们只想要爱，彼此相爱，
在诸多苦痛之间注定
只有我们深受伤害。

我们需要一个你和一个我来组成，
你是亲吻，我是隐秘的面包，
如此足够，永远简单，
直至憎恨破窗而入。

那些不欢喜我们爱情的人会憎恶，
他们也不欢喜其他爱情，如此不幸，
就像废弃大厅里的椅子，

直到他们茫然如尘埃，
可怖的脸
消失在暗淡的黄昏里。

我曾穿越荒凉之地，那里的盐矿石
就像唯一的玫瑰，被埋葬的海之花，
我行走着，沿着斩断雪面的河岸。
凄苦的高山认得我的脚步。

云雾密布、狂风呼啸的蛮荒故土，
藤蔓致命的吻被封锁于密林，
鸟儿潮湿的叹息打着寒战，
哦，这是失落之痛与无情泪水之地！

属于我的铜有毒的表层，
或是遍布的硝石——如伏卧又被积雪覆盖的雕像，
还有葡萄园，被春天奖赏的樱桃树，

这些属于我，而我如同一个黑色的原子，
属于贫瘠的大地，属于葡萄园里秋日的光芒，
属于这个被积雪之塔抬高的金属国度。

太多的爱将我的生命染成紫色，
我曾东奔西撞好似失明的鸟儿，
直至抵达你的窗前，我的朋友：
你察觉到一颗心碎裂的声响，

我从黑暗中起身来到你胸前，
无形无知走向小麦的塔，
我存活在你的手里，
从海中起身去向你的欢愉。

没人能说出我对你的亏欠，爱人，
我对你的亏欠清晰明确，就像
源自阿劳科的根，
我欠你的，爱人。

毋庸置疑，我对你的亏欠璀璨闪耀，
如蛮荒之地的井，
时间在此收留游荡的闪电。

马蒂尔德，你在哪里？我向下寻觅，

领带和心脏之间，再往上，

那肋间确切的忧郁：

突然间你消失了。

我缺乏你能量的光芒，

我目睹希望被吞噬，

我目睹空虚，那没有你的房间，

空无一物，除了悲惨的窗户。

天花板默默倾听

古老的雨落叶般掉下，

还有羽毛，被夜晚禁锢的一切：

我在这里等你，如同孤独的房子，

你会回来见我，栖居于我。

不然窗户总使我疼痛。

我不爱你但我爱你，
从爱你到不爱你，
从等你到不等你，
我的心从冰冷走向炽热。

我爱你只是因为我爱你，
我无休止地恨你，恨你又乞求你，
我游移之爱的准则是
像盲人一般看不到你又爱着你。

或许要耗尽一月的光，
那残酷的光线，我整个的心脏，
夺走我安宁的钥匙。

在这故事里只有我死去，
我将殉情，因为我爱你，
因为我爱你，爱人，在血与火之中爱你。

南部的大雨落在黑岛上，

像一颗明净沉重的水滴，

海洋张开冰冷的叶片将它接纳，

大地掌管杯子潮湿的命运。

我的灵魂伴侣，以你的吻赠我，

这些月份的盐水，大地的蜜，

被空中千唇湿润的芳香，

冬日里大海神圣的忍耐。

有东西在呼唤我们，所有的大门都自己打开，

窗前的水发出悠长的声响，

天空向下生长触到树根。

白昼编织又拆散天空的网，

以时间，盐，私语，成长，路途，

一个女人，一个男人，还有大地的冬日。

（船艏像 [1]）

木头女孩不是徒步抵达的：

突然她坐在砖上，

头上盖满海中古老的花，

目光中带着根的悲伤。

她在那里凝望我们敞开的生命，

去往而又正在、奔逐而又回归大地，

白昼让花瓣渐渐褪色。

木头女孩没有看到我们，却仍在凝望着。

女孩以古老浪潮为冠，

用破败的眼睛注视着：

她知晓我们生活在一张遥远的网中，

由时间、水、浪花、声音和雨造就的网，

她不知道我们是否真实存在，是否只是一个梦境。

这就是木头女孩的故事。

1　指固定在船艏用来装饰的图腾或神祇雕像。

也许虚无等同于没有你，
没有你切开正午，
像一朵蓝色的花，没有你行走于
晚时的浓雾和砖块，

没有你手握的这束光，
可能人们看不到这金黄，
可能也没人知道它在生长，
好似玫瑰的红色起源。

总之，如若没有你，没有你的到来，
唐突地、偶然地，去了解我的生命，
一丛玫瑰，风中小麦，

从此我因你的存在而存在，
从此你存在，我存在，我们存在，
因为爱，我和你，我们将共同存在。

或许受伤了却未流血，
我沿着你生命的光束前行，
丛林中的水拦住了去路：
雨同天空一起坠落。

于是我触碰那颗落雨的心：
我知道你眼睛穿透
我忧伤广袤的土地，
只有影子在低语：

是谁？是谁？而它没有名字，
叶片或是阴暗的水跳动
在丛林里，没有声响，在路途中，

于是，我的爱人，我知道我受伤了，
那里除了阴影没人说话，
漂泊的夜晚，雨水的亲吻。

爱情穿越它满是忧伤的岛屿，
栽种根系，灌以泪水，
没人可以，没人可以逃避
沉默而残酷的心奔逃时的脚步。

你我一起寻找一个洞穴，另一颗行星，
那里盐不会触碰你的秀发，
那里痛苦不会因我的罪责而增加，
那里粮食不用费力就能存活。

一颗被距离和枝叶缠绕的行星，
一片荒野，一块暴戾又寸草不生的石头，
我们用双手筑起一个坚固的巢穴，

我们想要，没有伤害、痛苦或者语言，
而爱情并非如此，它是一座疯狂的城市，
阳台上站着面色苍白的人们。

我的爱人，冬天已退回营地，
大地构建金黄的赠礼，
我们用手划过遥远的国土，
划过地理的发丝。

我们走！今天！向前，车轮，航船，钟声，
无垠的白昼为飞机铸炼钢铁，
前往群岛婚礼的气味，
通过欢乐中面粉的长度！

走吧，起来，束发，上升，
下降，跑吧，和空气，和我一起鸣叫，
我们登上列车去往阿拉伯或是托科皮亚，

往遥远的花粉迁移，
到贫穷的赤脚君主统治的
充满破布与栀子花的尖刺般的村庄。

你或许会想起那个瘦削的男人
像一把刀闪现于黑暗，
他知晓一切，早在我们之前：
他看到烟就能认定是火。

面色苍白的黑发女人
如深渊之鱼一般浮现，
他们合力托起嵌满獠牙的机器，
对抗着爱情。

男人女人毁灭群山与花园，
踏入河流，攀爬墙垣，
把残酷的火炮置于山峦。

那时爱情才知其为爱情。
当我抬眼看向你的名字，
你的心倏然为我指引了道路。

被八月之水浸湿的道路
闪耀得好似在满月之中，
在苹果丰腴的光泽里，
在秋日的果实中。

雾霭，宇宙或天空，白昼游荡的网
与冰冷的梦境、声音还有鱼一起生长，
岛屿的雾气侵袭这片地域，
大海在智利的光芒上跳动。

万物如金属般汇集，深藏的
树叶，冬天隐匿它的血脉，
我们只是失明，不停地失明，仅此而已。

仅仅依附于隐秘的河床，
形成于运动，再见，旅途，道路：
再见，自然之泪就此划落。

这儿有屋子、海洋和旗帜。
我们曾沿着漫长的围墙游荡。
没找到大门，也没听到声响，
由于我们的缺席，如死去一般。

最后屋子打开了它的沉默，
我们进入、踩踏被弃之物，
死老鼠，空荡荡的告别，
在管道中哭泣的水。

哭啊，屋子日夜都在哭泣，
和蜘蛛一起哀嚎，门窗虚掩，
它从漆黑的眼睛开始消散，

突然间我们让它复活，
我们在此栖居，它却不认得我们：
就算它忘了，它也必须盛放。

迭戈·里维拉[1]，有着熊一般的耐心，

他寻觅画中森林的祖母绿

或是朱砂，偶然绽放的血之花

于你的肖像中汇集世间的光芒。

他画下你鼻尖傲慢的装扮，

你硕大瞳孔中的火花，

你招引月亮嫉妒的指甲，

还在你夏日的肌肤上，画出西瓜般的嘴。

他为你画了两个脑袋，是两座燃烧的火山，

被火，被爱，被阿劳科的血脉点燃，

在那两张被黏土染成金色的脸上，

他为你盖上野火的头盔，

在那里，我的双眼暗自缠绕于

完整的塔：你的秀发。

1　迭戈·里维拉（Diego Rivera），墨西哥画家，妻子是著名女画家弗里
达·卡罗（Frida Kahlo）。

今日是今日，带着所有昨日的重量，
挥舞着所有要成为明日的翅膀，
今日是海的南端，是水苍老的年岁，
是新一日的构成。

将尽之日的花瓣汇入
你朝向光芒或月亮升起的嘴，
昨日沿着它幽暗的街道奔走，
只为我们铭记它已逝的面庞。

今日、昨日和明日在前行中相互吞噬，
耗尽一日就像吃完整头滚烫的牛，
我们的牲畜在等待着生命的尽头，

但时光把面粉抛撒在你心里，
我的爱恋用特木科的泥土筑起炉灶：
你是我灵魂每日的面包。

我没有绝不，没有总是。在沙漠里，
胜利留下它迷失的脚。
我是个可怜人，决心爱自己的同类。
我不知你是谁。我爱你。我不给予也不贩卖尖刺。

也许会有人知道我没有编织
沁血的王冠，我对抗过嘲弄，
我确实曾用灵魂填满潮汐。
我用鸽子偿还卑劣。

我没有绝不，因为我如此特别，
过去、现在、将来都是。我以
善变之爱的名义宣告纯洁。

死亡只是颗遗忘的石头。
我爱你，那吻在你唇上的欢愉。
我们带来木柴，要在山间生起火焰。

夜晚
Noche

是夜，爱人，把你我的心相连，
它们在梦中战胜黑暗，
就像双面鼓响彻于密林，
对抗片片湿叶筑成的厚墙。

夜间的旅行，梦的黑色余烬
阻断大地上葡萄的藤蔓，
守时得如同一列疯癫的火车，
不停拖着阴影与冰冷的石头。

因此，爱人，将我系于纯粹的动作，
系于你胸口被淹没的天鹅
拍打双翼的坚贞，

那些如漫天星辰般闪耀的问题，
我们的梦境只用一把钥匙，
一扇被阴影关上的门来回答。

我自旅途与痛苦中归来，我的爱人，
回到你的声音，回到你在吉他间飞舞的手，
回到秋日用吻打断的火，
回到循环于天空的夜晚。

我为全人类祈求面包和盛世，
为不幸的农民祈求土地，
没人希望我的鲜血和歌声停止。
而我宁死也不愿放弃你的爱。

那就奏起静月的华尔兹吧，
船歌如吉他上的流水倾泻，
直至我的脑海浸入梦中：

我用生命中所有的失眠编织了
一团树丛，你的手在此安居与飞翔，
为沉睡的旅人守着夜晚。

你已属于我。你在我的梦中休憩做梦。
爱情、痛苦、劳作，此刻都应入眠。
黑夜在它无形的轮子上旋转，
你在我身边纯净得如同沉睡的琥珀。

爱人，再无他人，会在我的梦中沉睡。
你会前行，我们会一起穿越时间的汪洋。
再无人会伴我漫游阴影，
只有你，永生的花，永生的太阳，永生的月。

你的双手松开娇弱的拳头，
不经意间掷下柔软的印记，
你的双眼紧闭如一对灰色的翅膀，

而我跟随你裹挟我来去的流水；
夜晚，世界，被风卷起的命运，
没有你，我不再是我，只是你的梦。

我的爱人，关上这扇夜的门，

爱人，我请你一起，漫游幽冥之地：

锁上你的梦，带着你的天空进入我的眼睛，

在我的血液里伸展就像一条宽广的河。

再见，再见，残酷的光明

落入往日的口袋，

再见，钟表或每一束橘色的光，

保重啊，影子，我时而出现的伴侣！

在这条船，这江水，这次死亡或是这场新生中，

再次凝结，沉睡，复活，

我们是鲜血之中夜的伉俪。

我不知道谁活着或死去，谁休憩或苏醒，

但你的心

在我的胸膛里送上曙光的赠礼。

多美妙啊，爱人，夜里你好像离我很近，
你在梦中隐形，是真正的夜行者
我整理着忧思
那混乱的网。

你的心已迷离，航行于你的梦，
但你被遗弃的身体还在呼吸，
你盲目地寻找我，完善我的梦境，
就像一株在阴影里茂密生长的植物。

你将重新起身，在明日成为另一个人，
但是在夜晚逐渐消失的边界，
那儿的我们存在或又不在，

某种东西在生命之光里向我们靠近，
好似阴影的封印，
用火去标记它的隐秘造物。

又一次，爱人，白昼的网熄灭
劳作、车轮、火焰、鼾声、告别，
我们把正午从光和大地中获得的
摇晃的小麦呈给夜晚。

只剩月亮在它纯净页面的中间
撑起天空港湾的廊柱，
房间满是黄金的迟缓，
你的双手忙前忙后地准备夜晚。

啊爱人，啊夜晚，啊河流封锁的穹顶，
那天空的暗影下，不透明的水流，
暴风雨的葡萄沉浮其间，

直到我们只能变成一片黑暗，
一个装盛天空灰烬的杯子，
缓慢长河脉搏里的一滴水。

迷蒙的雾霭从大海飘向街道，
就像身陷寒冷的牛呼出的热气，
水的长舌汇集笼罩在
那曾向众多生命允诺晴好的月份。

前行的秋日，树叶间喧嚣的蜂巢，
当你的旗帜飘在村庄上空，
疯女人唱着歌与河流道别，
骏马朝着巴塔哥尼亚嘶叫。

一株黄昏的藤蔓在你的脸颊
寂静生长，爱情将它带向
空中叮当作响的马蹄铁。

我俯身于你夜晚身体的烈焰，
我爱你的胸脯，还爱
将舶来的血液洒向雾中的秋日。

啊南十字星，啊芳香磷火的三叶草，
你用四个吻让你的魅力入侵，
又穿过影子和我的帽子，
月亮渐渐被寒气包裹。

所以我的爱人，我的情人，钻石上
蓝色的霜，晴和的天空，
镜子，你一出现便填满了黑夜，
用你四个颤抖的酒窖。

哦，闪着银光的鱼光亮而纯洁，
绿色的十字，暗影闪烁的欧芹，
萤火虫注定与天空为伴，

在我体内休憩吧，我们一起闭上眼睛，
与人类之夜共眠一分钟。
在我体内点燃你星光璀璨的四个数字。

三只海鸟，三束光，三把剪刀，
穿过冰冷天空去往安托法加斯塔，
而瑟瑟的空气留下，
如受伤的旗帜般颤抖。

孤独，给我你源于无尽的征兆，
苦难的鸟儿罕有的路途，
比蜜糖、音乐、大海、出生
无疑更早的悸动。

（一张永恒的面庞撑起的孤独
就像一朵庄严的花不停伸展，
直到拥抱天空中纯净的群落。）

大海以其冰冷的翅膀飞翔，从群岛，
直至智利西北的沙漠。
夜晚锁上天空的插销。

三月带着藏匿的光归来，
无数的鱼从天空游过，
大地朦胧的水汽悄然前行，
万物逐个地坠入寂静。

幸好在这充满流浪氛围的危机中，
你集结海洋与火的生命，
冬日舰船灰色的行迹，
爱情在吉他上留下的印记。

啊爱人，你是被人鱼和泡沫浸湿的玫瑰，
是火焰，舞动着爬上无形的阶梯，
在失眠的隧道中唤醒鲜血，

让波浪在天空中消散，
大海忘记它的财产和雄狮，
世界坠入幽暗的网里。

当我死去，我想要你的手轻抚我的眼：
我想要你心爱的双手里的光和小麦，
让清凉再次掠过我的身体：
感受那改变了我命运的柔情。

我想要你活着，而我沉睡着，等你，
我想要你的耳朵继续听那风吟，
想要你嗅闻我们热爱的那片海的味道，
继续踏过我们一同踏过的沙地。

我想要我所爱的都继续生活，
我爱你，为你咏唱，这胜过世间万物，
因此，请继续盛开吧，我的小花儿，

愿你领会我的爱赋予你的一切，
愿我的影子穿过你的秀发，
愿众人明白我歌唱的缘由。

我想我将死去，感到寒气逼近，
我的生命只剩下了你：
你的嘴是我尘世间的日与夜，
你的肌肤是我的吻建起的共和国。

那一刻所有的书都已完结，
友谊，不断累积起来的财富，
你我一同建起的明净的房子：
一切不复存在，除了你的眼睛。

因为生活将我们追赶，而爱情，
是浪潮之上的巨浪，
但当死亡来敲门，

只有你的目光对抗无尽的虚空，
只有你的明亮伴随一切消逝，
只有你的爱把阴影遮挡。

岁月如细雨将我们笼罩，
时间枯涩，漫无止境，
盐的羽毛触碰你的脸颊，
滴落的水侵蚀了我的外衣；

时间无法辨别我的双手
或是你手里橘子的翅膀，
它用雪和锄头剁碎生命：
你的生命也是我的生命。

我给你的生活被日月
填满，如同一簇一簇的体积。
葡萄将归于大地。

在那之下时间还在前行，
等待，在尘埃上下起雨，
急不可耐地将缺失的也一并抹去。

我的爱人，如果我死去而你没有，
不要让痛苦占据更多领地：
我的爱人，如果你死去而我没有，
我们的生活再无法延续。

小麦里的尘土，沙漠中的沙粒，
时间，游荡的水，漂泊的风，
承载着我们就像航行的谷粒。
我们本可能在时间中擦身而过。

我们相逢的这片草原，
哦，小小的无穷！我们把它送还。
但爱人，这爱情，还没有终结，

正如它从未出生，
它也不会死亡，像一条长河，
只改变大地和嘴唇。

如果有时你的胸脯静止不动，
如果某物不再沿着你的静脉烧灼，
如果你嘴里的声音还未成词句就逃离，
如果你的双手忘记飞行而陷入沉睡，

马蒂尔德，爱人，把你的嘴微微张开，
因为你将予我最后的吻，
它应永远停驻在你嘴里，
即使我死去也能伴我左右。

我将吻着你疯癫冰冷的唇，
抱着你身体中丢失的一串果实，
找寻着你紧闭的眼里的光而死去。

这样当大地收到我们的拥抱，
我们将在一场死亡中混为一体，
将永恒的吻延续。

如果我死去，请你以纯粹的力量为我存活，
以唤醒苍白与寒冷的狂怒，
从南方到南方，抬起你不可磨灭的双眼吧，
从太阳到太阳，你的嘴发出吉他般的声响。

我不愿有人动摇你的笑容或是脚步，
不愿我幸福的遗产逝去，
不要对着我的胸膛呼唤，我已不在。
在我的缺席中生活吧，就像生活在一间屋子里。

我的缺席是一所巨大的屋子，
你会穿过墙壁，
把画挂在半空。

我的缺席是一所无比明净的屋子，
即使我死去也会看着你生活，
如果你痛苦，我的爱人，我会再次死去。

谁能像我们一样相爱？我们去寻找
烧灼心脏留下的古老灰烬吧。
我们的吻在那里一个个剥落，
直到荒芜的花复活。

我们痴情热恋吧，它耗尽果实，
带着面容和力量降落到大地：
我们是持久的光芒，
是娇弱又坚不可摧的谷穗。

爱情被冰冷的光阴、
雪和春天、遗忘和秋天埋葬，
让我们靠近那道新苹果的光芒，

一条新鲜的伤口敞开的清凉，
如古老爱情默默前行，
向着埋葬口舌的永恒之地。

我想，你爱我的年代

将会流逝，以另一种蓝取代，

将会变成同样骨头上的另一种肌肤，

另一双注视春天的眼睛。

捆绑此刻的人，

与烟雾交谈的人，

官员，商人，过客，

都不会在各自的脉络上继续运作。

残忍的神灵带着望远镜，

多毛的肉食动物带着书本，

还有蚜虫和尿尿帕谢罗[1]，都会离开。

当这个世界被洗净，

其他眼睛又将在水中出生，

麦子没有流泪，也会生长。

---

1 聂鲁达在这里创造了一个词语 pipipasseyro，可能意在嘲讽与自己有矛盾的乌拉圭诗人里卡多·帕谢罗（Ricardo Paseyro）。

此刻必须飞翔，但飞去何方？
没有翅膀，没有飞机，无疑还是要飞：
脚步经过，无法挽回，
行者的脚没有抬起。

每时每刻都必须飞翔，
就像老鹰，苍蝇和时光，
必须战胜土星之眼，
在那里建起新的钟楼。

鞋子和道路都已不够，
大地对流浪者已无意义，
根系已经穿透夜晚。

你将出现在另一颗星星，
决意转瞬即逝，
最终化为罂粟。

这个词语，这张被一只手
化身的千百只手写过的纸，
没有停留于你，也没有属于梦境，
它坠落大地：在彼地延续。

是光芒还是颂扬并不重要，
它从杯中溢出逃离，
如果是红酒顽固的震颤，
如果你的嘴被苋菜染红。

它不想再有迟缓的音节，
礁石从我的记忆中带来又收回，
恼怒的泡沫，

只想再写下你的名字。
即使我阴郁的爱无言，
之后春天也会再次提起。

其他日子将到来，植物和行星的寂静
会被理解，
多少纯粹的事件将会发生！
小提琴也将有月亮的味道！

面包可能会变得跟你一样：
会有你的声音，你小麦般的秉性，
其他事物也会用你的声音诉说：
秋日走失的骏马。

即使这不是它的本意，
爱情将填满巨大的木桶，
就像牧人陈旧的蜂蜜，

而你在我心的灰烬中
（那里会有丰富的贮藏），
你会在西瓜间往来走动。

在大地的中间，我将推开
绿宝石，只为窥见你，
你将会用羽毛笔以信使之水
誊写麦穗。

多么美好的世界！多么深邃的欧芹！
航行在甜蜜中的船多么幸福！
你和我，或许是一块黄玉！
钟声里将不再有分歧。

只会有自由的空气，
风带来的苹果，
树丛间多汁的书，

在康乃馨的呼吸之处，
我们会缝纫一件外衣，
它会和胜利之吻一样地老天荒。

Crepusculario

霞光之书

致伊莲娜的新十四行诗

当你老了，姑娘（龙萨[1]曾这样叫你），
你会想起我念的诗句。
你已有哺育了子女的悲伤乳房。
你空虚的生命开出新芽……

我将如此遥远，而你蜂蜡般的手
将挖掘我赤裸遗骸的记忆。
你会知道在春天也能下雪，
而春天的雪最为凛冽。

我将如此遥远，
我曾剥离你的生活就像倒空一个罐子，
爱情和憾事都将在我手中被处以极刑……
天色已晚，因为我的青春已离去，

---

1 皮埃尔·德·龙萨（Pierre de Ronsard，1524—1585），法国抒情诗人。
1552 年，他写下了著名的十四行诗《爱情》（*Les Amours*），从此
声名大振。1578 年，王后的随从伊莲娜·德·叙热尔（Hélène de
Surgères）正因未婚夫去世而悲伤不已。应王后的要求，他创作了
诗歌《致伊莲娜的十四行诗》（*Sonnets pour Hélène*），感人至深，流
传至今。聂鲁达以此为灵感创作，将法语名伊莲娜（Hélène）转写
为了西班牙语名埃莱娜（Helena）。考虑到创作背景，此处译名保
留了法语的翻译。

天色已晚，因为花儿曾散发芳香，

因为纵使你将我呼唤，我也太过遥远。

爱情

女人，我成了你的孩子，通过啜饮
你胸脯中那源泉般的乳汁，
注视你，感受你在身旁，拥有你，
在金色的笑容和水晶般的声音里。

感受你在我的静脉就像上帝在河流，
在悲伤的尘土与石灰的骨骸里爱慕你，
因为你掠过我身旁了无遗憾，
从诗节中逃离——一尘不染。

如何知晓我爱你，女人啊，如何知晓
我爱你，我爱你似乎无人知晓。
死去仍旧
爱你更多。
仍旧
爱你更多
　　　更多。

无光之地

是事物的诗意消失殆尽，
还是我的生命无法将其凝缩？
昨日——望着最后的黄昏，
我是遗迹间成片的苔藓。

城市——满是烟垢和仇恨，
还有城郊的灰色污秽，
让人弓身的办公室，
眼神浑浊的上司。

山丘上殷红的血，
街巷与广场上的血，
破碎之心的痛楚，
厌恶与眼泪的溃烂。

河流环抱郊区，
像一只冰冷的手在黑暗中试探：
在如此的水面观看星星
是羞耻的。

房屋把欲望藏匿在
发光的窗后，
此时风在外面
为所有玫瑰带去一点点泥土。

远处……遗忘之雾
——浓厚的雾气，破损的堤岸——
还有原野，绿色的原野！
阉牛和大汗淋漓的人们在那儿气喘吁吁。

而我在此地，在废墟中生长，
独自啃噬所有悲伤，
仿佛哭泣是一粒种子，
而我是大地唯一的犁痕。

女人，你什么都没给我

你什么都没给我，而我的生命
为你落下忧伤的蔷薇，
因为你看着我注视的事物，
同一片大地，同一片天空，

因为维系你存在与美丽的
神经和静脉之网
应该为太阳纯粹的吻而颤抖，
那也是亲吻我的同一个太阳。

女人，你什么都没给我，然而
你的存在让我感受万物：
我欢欣于凝望大地，
你的心也在此震颤与休憩。

我的感官徒劳地把我禁锢
——盛开在风中的甜美之花——
因为我猜到路过的鸟
将你的情思染成蓝色。

然而你什么都没给我，
你的年华不为我绽放，
你笑容的铜色瀑布
解不了我牧群的干渴。

你精致的嘴没有尝过的圣餐，
沉沦爱中的仰慕者将你呼唤，
我要怀着我的爱启程，
就像带着一杯你爱的蜜糖。

你已看见，星辰闪烁的夜晚，歌谣与酒杯，
你用它饮下我饮下的水，
我活在你生命里，你活在我生命里，
你什么都没给我，而我欠你整个世界。

十行诗

我的心是一只好动又不安的翅膀，
充满渴望又让人恐惧的翅膀。

春天在绿色的原野上。
天空湛蓝，大地翠如宝石。

她——曾爱过我——在春天死去。
犹记得她有着失眠鸽子的眼睛。

她——曾爱过我——闭上双眼。在午后。
午后的原野，湛蓝。翅膀和飞翔的午后。

她——曾爱过我——在春天死去。
在春天飞向天空。

梅丽桑德[1]之死

在月桂的影子下，
梅丽桑德就要死去。

她轻盈的身体将逝去。
众人会埋葬她甜美的身躯，

会合起她雪白的双手。
会让她眼睛睁开，

让她望着佩利亚斯，
直至死去。

在月桂的影子下
梅丽桑德在寂静中死去。

---

1 《佩利亚斯与梅丽桑德》（*Pelléas et Mélisande*）是比利时剧作家莫里
斯·梅特林克（Maurice Maeterlinck）创作的剧本，后被法国作曲家
德彪西改编为歌剧。该剧讲述了阿莱蒙德国王阿凯尔的孙子戈洛在
山林中遇见一位美丽但饱受惊吓的女孩梅丽桑德，戈洛爱慕她，与
她结婚。但梅丽桑德与戈洛的异父兄弟佩利亚斯产生了爱情，戈洛
妒火中烧，最后杀死了佩利亚斯，又猛击梅丽桑德。梅丽桑德受重
伤后，临死前产下一女。

泉水会为她哭泣，
在颤抖与永恒中哭泣。

柏树会为她祈祷，
跪倒在风里。

骏马会飞驰，
狗群会对着月亮狂吠。

在月桂的影子下，
梅丽桑德就要死去。

太阳在城堡里会为她停歇，
像个病人。

当人们把她送往墓地，
佩利亚斯会为她死去。

他会为她在夜晚游荡，
垂死于小巷。

他会为她踩碎玫瑰，
追逐蝴蝶，
而后在墓地沉睡。

为了她，为了她，为了她，
佩利亚斯王子已经死去。

Los versos del capitán

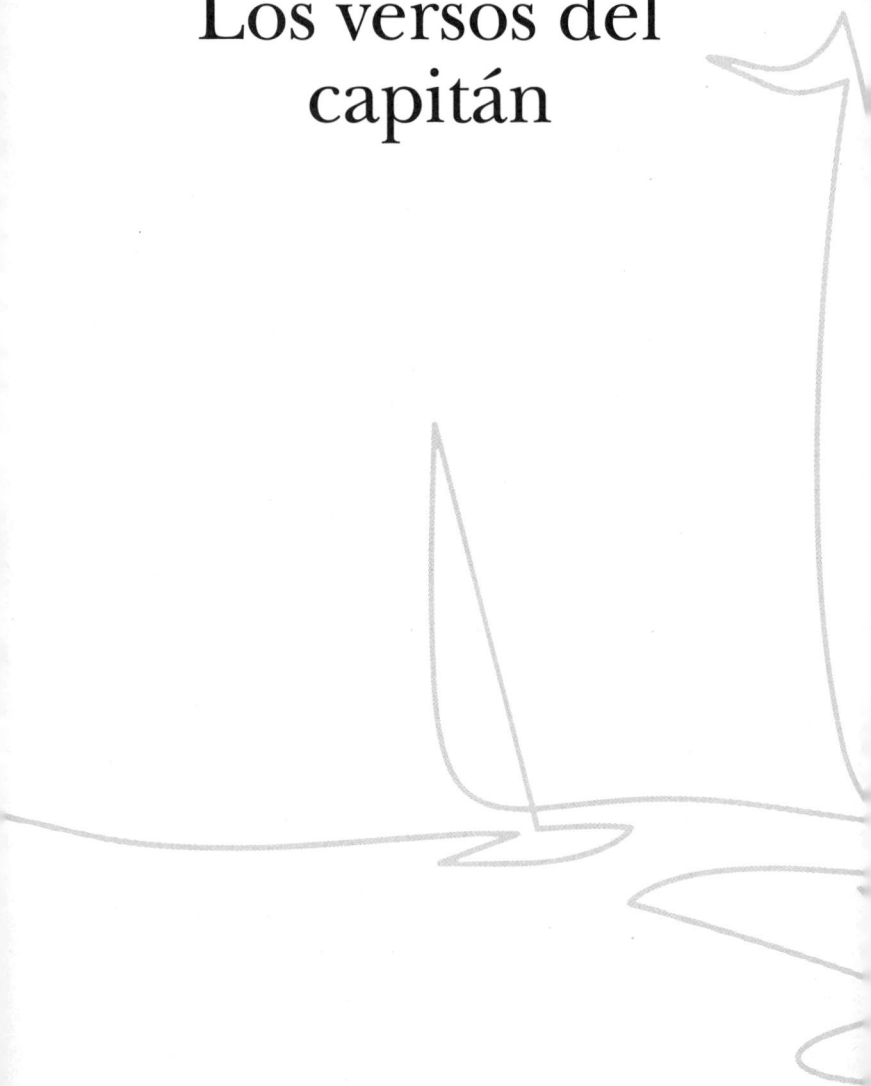

船长的诗

岛屿之夜

我整夜与你共眠，
在海边，在岛上。
在欢愉与梦境里，
在烈焰与大海间，你狂野又甜美。

或许天色已晚，
我们的梦境连接
在高处或底部，
高处如树枝被同一缕风吹拂，
底部如红色的根系相互碰触。

或许你的梦境
脱离我的梦境，
沿着阴暗的海
如往常将我找寻，
当你还不曾存在，
当无人看见我航行在你身旁，
你的眼睛在搜寻
——面包、红酒、爱和霍乱——
我双手捧满为你奉上，
因为你是酒杯，

等待我生命的礼赠。

我与你共眠

整夜,

当黑暗的大地

和生者死者一同旋转,

突然在阴影中

醒来,

我的手臂绕在你的腰间。

夜晚与梦境

都无法使我们分离。

我与你共眠,

当我唤醒你

梦中的嘴,

我尝到大地的味道,

海水、海藻的味道,

你生命深处的味道,

我收到你的吻,

被曙光浸湿的吻

像是从环绕我们的大海

来到我身边。

美人

美人，
仿佛在清泉中
冰凉的石头上，那水
冲刷出一道辽阔的泡沫闪电，
正是你面颊上的微笑，
美人。

美人，
你双手柔美，双脚纤细，
像一匹白银小马，
奔跑着，世间之花，
我如此看你，
美人。

美人，
纠缠的铜的矿床
在你头上，那矿床
颜色如黑暗的蜜糖，
我的心在那里燃烧、休憩，
美人。
美人，

你的脸庞容不下你的双眼，

大地也容不下你的双眼。

你眼里，

有家国和江河，

我的祖国也在你眼中，

我沿着你双眼行走，

它们照亮世界

和我前行的路。

美人。

美人，

你的乳房好似两块面包，

由麦地和金黄的月亮制成，

美人。

美人，

你的腰身

如河流被我的手臂环绕，

在你甜美的身体流淌千年，

美人。

美人，

你的双胯无与伦比，

或许大地

在某些隐匿的地方
有你身体的曲线与芳香，
或许在某些地方，
美人。

美人，我的美人，
你的声音，你的肌肤，你的指甲，
美人，我的美人，
你的存在，你的光芒，你的影子，
美人，
你的一切都被我占有，美人，
你的一切都被我占有，我的美人，
当你前行或是休憩，
当你歌唱或是沉睡，
当你受难或是入梦，
永远，
当你靠近或远离，
永远，
你是我的，我的美人，
永远。

老虎

我是老虎。
在树叶间将你窥视，
宽厚的叶片
仿佛湿润的矿石。

白色的河
在雾中生长。你来了。

你赤裸着沉入水中。
我等候着。

我一跃而起，
伴着火、血和牙齿，
一爪便撕开
你的胸脯和臀部。

我饮着你的血，
把你的身体一块块撕碎。
而我不眠不休，
在密林中穷年累月守望
你的骨头，你的遗骸，

静止，不再

憎恶与狂怒，

我在你的死亡里丢盔弃甲，

藤蔓穿过我的身体，

我在雨中伫立，

成为杀死爱人的

无情守卫。

如果你把我忘记

我想让你知道
一件事。

你知道是怎样的事：
如果我看着
晶莹的月亮，我窗前迟缓秋日里
血红的花枝，
如果我在火边
触碰
那细微的灰烬
或是木柴带着褶皱的躯干，
一切都将我引向你，
好似存在的万物，
香气，光芒，金属，
是小小的船舶
驶向等候着我的你的岛屿。

好吧，
如果你渐渐不再爱我，
我也会渐渐不再爱你。

如果突然

你把我忘记，

就别来寻我，

因为我早已把你忘记。

如果你觉得旗帜的风

绵长又疯癫地

经过我的生命，

而你决定

把我留在

我扎根的心的岸边，

你想

在那天，

在那个时刻，

我会举起手臂，

我的根会跃出，

寻找另一片土地。

但

如果每日

每时，

你都在无限的甜蜜中感到

你是我的命中注定，

如果每日

都有一朵花升起至你唇边找我，

啊，我的爱人，我的女人，

我的体内会重新燃起火花，

我的体内一切都未曾停止或被遗忘，

你的爱滋养我的爱，爱人，

只要你活着，我的爱就在你怀里，

不会逃离。

黑岛在下雨

1973 年 9 月 23 日，巴勃罗·聂鲁达在智利圣地亚哥圣玛利亚诊所去世。9 月 11 日，在皮诺切特发动的政变中，民选总统阿连德牺牲在总统府。聂鲁达是阿连德的密友，也对皮诺切特有过批评。军政府上台后，聂鲁达准备流亡墨西哥。可就在离开智利前一天，当晚的 10 点 30 分，聂鲁达死在了医院，享年六十九岁。据官方说法，诗人死于前列腺癌和营养不良。这一结论受到了大众长久的质疑。

让我们回到 1904 年 7 月 12 日，在智利首都圣地亚哥以南大约三百五十千米的帕拉尔城，铁路工人何塞·德尔·卡门·雷耶斯·莫拉雷斯（José del Carmen Reyes Morales）和他的教师妻子罗莎·娜塔莉亚·巴索阿尔托·奥帕索（Rosa Neftalí Basoalto Opazo）喜得贵子。他们给孩子起名里卡多·埃利塞尔·内夫塔利·雷耶斯·巴索阿尔托（Ricardo Eliécer Neftalí Reyes Basoalto）。两个月后，罗莎因严重的肺结核去世。在小里卡多两岁时，何塞带他移居特木科。

特木科所在的阿劳卡尼亚地区风光秀丽，有大量马普切原住民聚居在此。同时，这里物产丰富，被称为"智利粮仓"。自然与土地在小里卡多心里深深地埋下了种子。据他自己回忆，在他刚开始学写字时，有次激动万分，随手在纸上写下几行类似诗歌的韵文。这是一首献给他继母的诗（他跟继母关系很好，"我的整个童年都在她温馨的庇护下度过"），于是他把纸条递给了他父母。他父亲漫不经心的质疑"你这是从哪儿抄来的"成为他首次收到的文学评论。

幼小的他在小城的图书馆里如饥似渴地阅读。图书馆馆长——同时也是诗人——奥古斯托·温特（Augusto Winter）惊奇于他对阅读的渴望，不时为他推荐新书。同一时间，当地女子中学迎来一位新校长。有人带小里卡多去见她，她很和气，每次都会送他几本俄国小说。小里卡多爱上了托尔斯泰、契诃夫和陀思妥耶夫斯基，这位女士也成为他一生中重要的文学启蒙者。

1945 年，这位女士——加夫列拉·米斯特拉尔（Gabriela Mistral）——成为第一位获得诺贝尔文学奖的拉丁美洲作家。米斯特拉尔于 1957 年去世，不知她是否想过，有位被她引入文学圣殿的少年，后来会获得与她相同的荣耀。

从十三岁起，小里卡多就陆续在当地报刊上发表作品。1920 年，他开始使用巴勃罗·聂鲁达作为笔名。他自称是在向捷克作家扬·聂鲁达致敬，但有研究者指出，当时在智利几乎没有扬·聂鲁达 (Jan Neruda) 作品的西语译本。由于聂鲁达喜欢侦探小说，也有分析认为笔名的来源可能是福尔摩斯系列作品《血字的研究》中一位名为诺尔曼·聂鲁达的钢琴家。

总之，自此开始，拉丁美洲最伟大的诗人之一正式登场。

1921 年，聂鲁达前往圣地亚哥学习法语——他父亲期望他成为一名法语教师。但聂鲁达将所有热情都放在诗歌上，潜心创作无法自拔。1923年，他出版了第一部作品《霞光之书》（*Crepuscularia*）。次年，《二十首情诗和一首绝望的歌》（*Veinte poemas de amor y una canción desesperada*）出版。

一开始，出版商卡洛斯·乔治·纳西门托（Carlos George Nascimento）对这本书并不十分看好，但后来这部作品取得了巨大成功——至今仍是拉丁美洲销量最高的诗集之一。这本书为年轻的诗人赢得了巨大的声誉。人们惊讶于其中意象的运用自如，行文又如惠特曼般灵动。爱情中的欢乐悲苦都被聂鲁达以充沛的情感娓娓道来。

然而，这部作品也引发了许多争议。有人认为，这本书描写太过露骨（何况作者当时只有十九岁）；多年以后，1934年，有匿名文章批判，《二十首情诗和一首绝望的歌》中第十六首诗抄袭了泰戈尔《园丁集》中第三十首诗。有人认为这篇文章是另一位优秀智利诗人维多夫罗[1]所作，维多夫罗予以否认——之后对聂鲁达进行了更猛烈的抨击。他不但批评聂鲁达这首诗抄袭，还认为聂鲁达的诗歌"简单又愚蠢，任何一个耍笔杆子的都能写出来"。

1　维森特·维多夫罗（Vicente Huidobro），拉丁美洲最优秀的先锋诗人之一，创造主义（Creacionismo）的奠基人和先行者。聂鲁达、维多夫罗、米斯特拉尔和巴勃罗·德·罗卡（Pablo de Rokha）被普遍认为是二十世纪智利最伟大的四位诗人。

后来，聂鲁达在第五版《二十首情诗和一首绝望的歌》中第十六首的地方，增加了一段有关泰戈尔的注释，表明自己意在致敬。而聂鲁达和维多夫罗以及另一位优秀的智利诗人巴勃罗·德·罗卡则开始了持续数十年的骂战——作为当时智利最优秀的几位青年诗人，相互之间却长期交恶，实在是让人困惑又遗憾。

回到 1927 年。在陆续发表几部作品后，聂鲁达去往当时的英国殖民地缅甸仰光担任外交领事，之后又辗转英属印度新德里、斯里兰卡科伦坡、印尼巴达维亚（雅加达）、新加坡等地，也曾旅居中国上海和日本横滨。整个东方之行给了聂鲁达诸多灵感，任职期间，他开始写作《大地上的居所》（*Residencia en la tierra*）。1930 年，在巴达维亚，聂鲁达和首任妻子荷兰人玛利娅（Maria）结婚。

回到智利后，聂鲁达被委派为阿根廷布宜诺斯艾利斯大使，而后又被派往西班牙巴塞罗那，后来他接替恩师加夫列拉·米斯特拉尔成为智利驻马德里领事。聂鲁达在西班牙融入了当地文学圈，但同时，他和妻子的关系疏远，他开始与比自己年长二十岁的阿根廷艺术家德利娅·德尔·卡里尔（Delia del Carril）幽会。

1936 年，西班牙内战爆发。在周边朋友（尤其是他的左翼情人德利娅）的影响下，聂鲁达开始涉足政治，作品主题也从私人情爱变得更为宏大。

8 月 18 日，他的好友、西班牙诗人安达卢西亚之子费德里科·加西亚·洛尔迦（Federico García Lorca）被弗朗哥军队处决，这进一步将他推向共产主义阵营。

他在作品和演说中支持共和派，并发表了反法西斯诗集《西班牙在心中》（*España en el corazón*）。由于政治立场，聂鲁达丢掉了外交领事职位。

西班牙内战结束后，聂鲁达恢复职位，被派往墨西哥。在墨西哥期间，他与玛利娅婚姻破裂，后与德利娅结婚。1943年，他的女儿去世，年仅九岁。同年，聂鲁达回到智利。在路过秘鲁时，聂鲁达参观了马丘比丘遗迹。恢宏的马丘比丘给了聂鲁达巨大的灵感，他完成了杰作《马丘比丘之巅》（*Alturas de Macchu Picchu*），而后完成的整部《漫歌》（*Canto General*）成为拉丁美洲最伟大的史诗之一。

1945年，聂鲁达正式加入智利共产党，并被选举为参议员。之后智利政府企图清除左翼力量，并禁止了共产党活动。1948年，聂鲁达被参议院除名，还被秘密警察追捕。在妻子德利娅和其他同志的帮助下，聂鲁达东躲西藏，最后于1949年经由走私路线穿过安第斯山脉，抵达阿根廷。在布宜诺斯艾利斯，聂鲁达借取了危地马拉大使馆文化参赞、后来的诺贝尔文学奖获得者阿斯图里亚斯（Miguel Ángel Asturias）的护照前往欧洲，在毕加索的安排下进入巴黎，参加了第一届世界保卫和平大会。

接下来的三年里，聂鲁达四处流亡。在墨西哥，他与马蒂尔德·乌鲁蒂亚很快发展为情人关系。

1952 年，聂鲁达匿名出版了献给马蒂尔德的《船长的诗》（*Los versos del capitán*），同年他返回智利。德利娅最终得知了聂鲁达和马蒂尔德的关系，于 1955 年离开诗人去往欧洲。1966 年，聂鲁达和马蒂尔德在智利黑岛结婚。

1954 年，中国诗人艾青曾率团前往圣地亚哥，其间为聂鲁达庆贺五十大寿。聂鲁达本人也曾三度访华，还在长江上度过了自己的五十三岁生日。

1959 年，同样是献给马蒂尔德的《一百首爱的十四行诗》（*Cien sonetos de amor*）出版。

1970 年，聂鲁达被智利共产党提名为智利总统候选人，后为了团结左翼退出竞选，并支持智利社会党总统候选人萨尔瓦多·阿连德。之后阿连德成功当选总统。不久后，聂鲁达被指派为驻法国大使，派往巴黎。

1971 年，聂鲁达因其"诗歌具有自然力般的作用，复苏了一个大陆的命运与梦想"，获得了诺贝尔文学奖。谁也不知道，还有两年，这位伟大诗人的生命就要走到尽头。

终其一生，聂鲁达给世界留下诸多杰作。在我看来，他的作品始终围绕一个主题，那就是爱——男女之爱，家国之爱，对土地、宇宙之爱，还有对全人类的热爱。他不是十全十美的人，但他对文字之美的追寻，对信仰的坚持，都会长久地感染我们。

他的文学宿敌维多夫罗于 1948 年去世。在其逝世之前，也是聂鲁达流亡之前，他和聂鲁达在黑岛有过会面。聂鲁达在回忆录中如此描述：

"在他去世前不久，他和我的好友兼编辑冈萨洛·洛萨达一起来我家做客。维多夫罗和我交谈，作为诗人，作为智利人，作为朋友。"

聂鲁达曾撰文祝贺维多夫罗参加比利时的诗歌研讨会。在文章结尾聂鲁达对维多夫罗的夸赞，在我看来用在他自己身上也恰如其分：

"此地远离智利，而他诗歌的光芒已经在此升起。"

我曾两次去往智利，有幸参观过诗人的三所故居。我记得圣地亚哥的查斯科纳（La Chascona），坐落于圣母山下曲径通幽的小巷里；瓦尔帕莱索的塞巴斯蒂亚纳（La Sebastiana）背山朝海，旁边名为味之诗（Poesía de Sabor）的小馆子味美价廉；印象最深的还是黑岛的故居，那是一所建在海滩边的别墅。去的时候是个雨天，房前的海滩上有座聂鲁达的头像凝望大海。一只被淋湿的小德牧陪我走了很远。院子里是聂鲁达和马蒂尔德的合葬墓，在墓前，我想起《一百首爱的十四行诗》里的句子：

"但在你的名字间，请让我航行，且安睡。"

李佳钟

2023 年 10 月 4 日，成都

二十首情诗和一首绝望的歌

作者 _ [智利] 巴勃罗·聂鲁达　译者 _ 李佳钟

产品经理 _ 周娇　装帧设计 _ 达克兰　产品总监 _ 李佳婕

技术编辑 _ 顾逸飞　执行印制 _ 梁拥军　出品人 _ 许文婷

营销团队 _ 王维思 谢蕴琦　物料设计 _ 孙莹

果麦

www.guomai.cn

以 微 小 的 力 量 推 动 文 明

图书在版编目（CIP）数据

二十首情诗和一首绝望的歌 / （智）巴勃罗·聂鲁达
著；李佳钟译. -- 杭州：浙江文艺出版社，2024.2（2024.5重印）
ISBN 978-7-5339-7489-3

Ⅰ.①二… Ⅱ.①巴… ②李… Ⅲ.①诗集 - 智利 –
现代 Ⅳ.①I784.25

中国国家版本馆CIP数据核字（2024）第016378号

二十首情诗和一首绝望的歌

[智利] 巴勃罗·聂鲁达 著

李佳钟 译

责任编辑　金荣良
产品经理　周　娇
装帧设计　孙　莹

出　　版　**浙江文艺出版社**
地　　址　杭州市体育场路347号　　邮编　310006
经　　销　浙江省新华书店集团有限公司
　　　　　果麦文化传媒股份有限公司
印　　刷　河北鹏润印刷有限公司
开　　本　1092毫米×840毫米　1/32
字　　数　115千字
印　　张　6.25
印　　数　8,001-13,000
版　　次　2024年2月第1版
印　　次　2024年5月第2次印刷
书　　号　ISBN 978-7-5339-7489-3
定　　价　49.80元